猿田彦(さるたひこ)の怨霊

小余綾(こゆるぎ)俊輔の封印講義

高田崇史
Takafumi Takada

新潮社

目次

猿田彦の怨霊

――小余綾俊輔の封印講義――

猿田彦のことがわからなければ、
日本の神のことは本当にわかったことにならないよ。

中上健次

《十月十四日（火）庚申・神吉》

「ワトスン君、おきたおきた！　面白いことになってきたんだ。なんにもいわずに服を着て、ついて来たまえ」

『アベ農園』

日枝山王大学C棟三階、民俗学科・水野研究室。

例によって、絶妙としか表現しようのないバランスを保って書物や書類が積み上げられている自分の机の前に、小余綾俊輔は腰を下ろしていた。

俊輔は、この研究室の助教授。非常に癖が強いため民俗学界でも母校でも、同じように煙たがられている水野史比古教授のもとで研究を続けている。と言っても、実は俊輔も似たもの同士。水野と同じくらいか、もしかするとそれ以上に各方面から敬遠――敬して遠ざけられている。

しかしその実力から、次期教授は間違いないと研究室内外で言われているが、本音を吐露すればその件に関しては余り気が進まない。

その一番大きな理由は、

〝煩わしい……〟

という一言。

水野も教授になってからは、好きな研究に割ける時間が大幅に減ってしまったと、毎日こぼしている。かなりの量の雑用——主に「会議」という名の雑用——を、日々こなさなくてはならないからだ。

ただでさえ学校関係の「雑用」が面倒で、俊輔はいつもその関係者から叱られ、あるいは協力を懇願され続けている。このまま教授になったり、しかも今までの態度を貫いたりでもしようものなら、それこそ今以上に厳しく「指導される」ことは目に見えている。

更に——これがこの研究室の特異な点であり、同時に煙たがられる直接的な原因なのだが——水野も俊輔も「学問や研究に垣根は微塵も必要ない」という信条を持っていた。

そんなことは当たり前と思うかも知れないが、こういった「学界」や「大学」では、そういった正論を口にすることすら憚られる。何人か、あるいは何点かの例外を除いて、誰もが自分の分野に他人が勝手に入り込んでくるのを本心から快くは思わない。これも当然と言えば当然で、そのために学部がいくつもに分かれており、各研究室にはそれぞれ専門の教授が在籍しているのだから、最初からそちらで学べば良いではないかというわけだ。どうしてこちらにやって来るのだと、必ず白い目で見られる。

しかし、俊輔たちは違った。

まさに水野がいつも口にしている言葉通り、

「『遠野(とおの)物語』だけを読んでいては、決して『遠野物語』を理解することはできないよ。『源氏物語』や『平家物語』を、どれほど精密に研究したところで、それだけでは永遠にそれらの本質を理解できないようにね」

　ということだと思っている。

　全ての出来事は繋がっているのだ。

　文学・古代史・戦国史・現代史だけではなく、民俗学や伝統芸能どころか、化学・数学・物理学も、人間が作り上げ関与しているこの世の全ての事象が。我々は便宜的に、それらを分類しているだけに過ぎない。ゆえに、大局から俯瞰して眺めなくては、物事の本質が見えてこない――と考えている。

　心の中ではそう思っている学者たちもいるだろう。でも、誰もが実行しはしない。ちょっとでも行動に移そうものなら、いらぬ面倒に巻き込まれることが明白だからだ。

　だが俊輔たちは、敢えてそれを実践する。

　つまり、分野の垣根を越えて各方面に足を突っ込んで行くのだ。そのため、さまざまな軋轢が生じ、あちらこちらから白い目で見られていた。

　だが、水野も俊輔も――特に水野などは――そんな些末な事柄を気にかけることもなく日々を過ごしている。おかげで最近は周囲もある程度諦めたようで、昔ほど悪口や非難の声も聞こえてこない。この研究室を相手にしても時間の無駄ということなのだろうが、こちらにすれば、いちいち説明したり弁解したり論争したりせずに済むのでむしろ嬉しい。

　俊輔は苦笑いする。

　しかし、論争と言えば――。

　最近は、特に歴史学科がゴタゴタしているらしい。

いつも俊輔に、ああだこうだと論争を吹っかけてくる歴史学研究室教授の熊谷源二郎も、最近は俊輔とすれ違っても、無駄口を叩いている暇はないとばかりに無言で去って行くところを見れば、こちらが思っている以上に揉めているのだろう。

やはりこの時節柄、天皇家問題――皇位継承問題が、大学全体にまで波及しつつあるようだ。当然と言えば当然。今まで見て見ぬ振りをして放置してきたツケが、一気に回ってきたのだ。

だが例によって、ここ水野研究室は、そんな揉め事に巻き込まれることはなかった。不幸中の幸い。おかげで、こうして普段と変わらず自分たちの研究に没頭できている。今日の爽やかな秋の日のように、実にのどやかなものだ。

そんな心地よい陽射しに包まれながら、俊輔は自分の前に届いている封書類を開封もせず、チラリと眺めただけで次々に書物の上に放り投げてゆく。もしも俊輔にとって重要な書類があったとしても、助手の波木祥子という有能な女性が、きちんと見つけて報告してくれるという、実に合理的で素晴らしいシステムが敷かれているので、何の心配もない。

しかし今日は、その中の一通に目が留まった。

文字ばかりの手紙類の中に、綺麗な絵が描かれている封筒が見えたからだ。改めて見直せば、まだ十月半ばだというのに、来年用の卓上カレンダーが送られてきていたらしい。気が早いものだ。

確かにあと一ヵ月もすれば、街にはクリスマスソングが流れ始めるだろう。こんな風に毎年その時期が前倒しされて、徐々に季節感が失われていくわけだが、それも時の流れで文句をつけるつもりは毛頭ない。そう思いつつ、その封筒に目をやると、今年は「未」年だから、来年はもちろん「申（さる）」年。

他の封書同様、ポンと放り投げようとした時、芸術的とも言える筆で書かれた「申」の文字に手が止まった。

どうして「申」をとても読めない「さる」と読み、なおかつ「猿」と置いたのか。それは「未」を「ひつじ——羊」と読むのと同じ理由で、中国から渡来した「十二支（じゅうにし）」に、庶民に馴染みの深い動物名を無理矢理当てはめていったからだが——。

俊輔は、今まで思ってもみなかったことに、ふと引っかかる。

「申」は、言うまでもなく「電光」「稲妻」。

つまり「神」のこと。

念のために手元の『字統』のページをめくると、こうあった。

「（申の文字は）明らかに電光が屈折して走る形で（中略）それが天神のあらわれる姿と考えられたので」

〝——申は天神で神の意〟

「申」という文字だけで「神」を表していることになる。しかも「神」は「神」であり「示」は「知（し）ろしめす」こと。

だがその一方で、沢史生（さわしせい）が言うように「猿」は、

「人間に次ぐ高等動物だが、わが国における歴史・民俗・伝承の中では、『人間に次ぐ』という

面が、『人間より劣る』あるいは『人間以下』という面で強調され、語り継がれてきた感がある」

　そして、

「人間より三本毛が足りないので、人間になれない」

　と言われてきたことも事実だ。

　では、なぜ「神」である「申」という文字に、人間より劣るとされてきた動物の「猿」を当てはめたのか？

　これに関しても、中国で当てはめていたからという説や、それを日本でアレンジしているのだという説などがある。たとえば十二支の「亥」などは、中国では「豚」を意味しているが、日本では「猪」となっているし、「戌」も中国では「狗」だが、日本では「犬」となった。

　それと同様に「申」は、中国では「猴」だが、日本では「猿」。しかもこの場合の「猴」の意は、わが国同様に「狡賢いが礼儀を知らない」となっている。

　かの、民俗学者で博物学者の南方熊楠も『十二支考』の「猴に関する伝説」の中で、

「猴は前にもしばしば述べたごとくすこぶる手癖の悪いもので盗才が多い」

　などと書いている。

　その「猿」を、どうして「神」を表す「申」に？

　俊輔は眉根を寄せると、指で顎の先を捻った。

　いや。

むしろ今まで、何故気にならなかったのか。

余りに当たり前だと思っていた。

しかし、そういった「常識」に疑問を投じるのが、この水野研究室ではなかったか。

〝ひょっとすると――〟

俊輔はパソコンを立ち上げようとして、手を止める。

ここは、都内でも有数と言われている母校の図書館に足を運んだ方が早い。もちろん図書館内でもパソコン検索は可能なので、一石二鳥。

俊輔は――封書の確認と整理は波木祥子に任せて――立ち上がると、足早に研究室を出た。

＊

十月半ばの連休明けの火曜日。

加藤橙子（かとうとうこ）は京都駅の改札を出ると、秋の日差し眩しい地上に降り立った。

昨日までの雨もすっかり上がって、清々（すがすが）しい観光日和。おそらく清水寺（きよみずでら）や金閣寺（きんかくじ）や伏見稲荷大社（ふしみいなりたいしゃ）などの有名な神社仏閣は、大勢の参拝者や観光客で賑わっていることだろう。

しかし今回、橙子の目的は、それら寺社の観光ではない。

橙子は東京の大手出版社の契約社員で、フリーの編集者。

大学在学中に観た歌舞伎の華やかさに惹かれ、それがきっかけで能や文楽などにも興味を持つようになった。将来は、歌舞伎はもちろん、日本の伝統芸能全般にわたる評論の仕事などに就きたいという大きな夢を追って、今はひたすら勉強中の身。まだまだ道程（みちのり）は遠いが、めげることなく日々頑張っている。

　そして今回は、京都在住の歴史作家・三郷美波（みさとみなみ）の新作に関しての打ち合わせで、京都市内までやって来た。

　三郷は出版社とも長いつき合いの人気作家なので、直接の担当は橙子の上司の編集長。しかし、さすがに編集長はそうそう東京を空けられないため、会って話をした方が早い案件に関しては、橙子が編集長の代理で京都まで足を運び、三郷と直接打ち合わせをする取り決めになっている。

　そう聞くと、何やら大変そうな仕事に思えるけれど、実際は全く逆。

　気難しい大作家先生相手となれば気が重くなってしまうが、三郷はざっくばらんな性格の上に、さまざまな日本の歴史をレクチャーしてくれるので、橙子はむしろこの機会を楽しみにしていた。

　それに、仕事をきちんと終えてしまえさえすれば、あとはフリータイム。三郷から食事に誘われることもあるし、時間の許す範囲内で京都や奈良などの気になる場所を見学したりすることもできる。

　前回——つい先月も、やはりそうだった。

　打ち合わせの日が、たまたま中秋の名月だったため、折角だから「古都の満月」でも愛（め）でて行けば、と三郷に勧められた。

「藤原定家（ふじわらのていか）が、あれほどまでに月を好んだ理由が実感できるかも」

　とまで言われてしまった以上、このまま帰京する手はないと決心して、その勧めに従うことにした。

三郷と別れた後で、さて、どこに行ってみようかと考えながら京都駅構内を歩いていると、壁に貼られていた一枚のポスターが目に飛び込んできた。そこには、吸い込まれてしまいそうなほど白く大きな満月と、それを映して優しく波打つ猿沢池（さるさわいけ）。その池を取り囲む無数の灯りが、天平（てんぴょう）装束の人々や、朱塗りの春日大社の社殿と二重三重写しになっていた。

現在、猿沢池の畔（ほとり）に鎮座している春日大社の境外末社「采女（うねめ）神社」で「采女祭（まつり）」という催しが開かれており、中秋の名月の今晩が最大の山場――クライマックスという案内のポスターだった。

その画像を目にした橙子は即断し、そのまま奈良まで足を運んで、想像以上に素晴らしかった「采女祭」を鑑賞したのだけれど……。

これがまた、大変なことになってしまった。

この祭は、遠い昔に猿沢池へ身を投げた一人の采女を供養するための催しだったのだが、祭そのものどころか「采女」自体に関しても、不可解な疑問が次から次へと湧き出してきてしまったのである。

その解決のため、わざわざ母校の日枝山王大学まで足を運び、先輩の歴史学研究室助手の堀越（ほりこし）誠也（せいや）、更には橙子が心酔し尊敬している、民俗学研究室助教授・小余綾俊輔までも巻き込んで、それらの謎を追うことになった。

その結果――。

「采女祭」どころか、天智（てんじ）天皇、天武（てんむ）天皇、大友（おおとも）皇子が関与する、壬申（じんしん）の乱。果ては、聖武（しょうむ）天皇までもが絡んでくる、日本史上の新たな発見をすることになってしまったのだ。

美しい満月の下、猿沢池に龍頭鷁首（りゅうとうげきしゅ）の管絃船を浮かべて優雅に執り行われる「采女祭」を鑑賞したその時は、古代日本の歴史の根幹に関わるような大きな悲劇の歴史を内に秘めている祭だとは露ほども想像していなかったので、ただただ啞然とするばかりだった——。

三郷指定のいつものホテルのラウンジで仕事の打ち合わせが滞りなく終わった後、雑談の中で、そんな話の内容も含めて詳しく三郷に告げると、彼女も徐々に真剣な顔つきになって興味深そうに耳を傾けていたが、

「とても面白いわね。いずれ機会があれば、その先生ともお話をしてみたいわ」

と、目を輝かせながら言われてしまった。

だが、橙子自身も俊輔とは滅多に会う機会もなかったので——事実「采女」の件以来、一度も顔を合わせていない——チャンスがあればその時はぜひ、と答えるしかなかった。

そして、今回もここまでやって来ているのだから、改めてもう一度采女神社にお参りしてから帰るつもりだと告げた。

「それと、少しだけ足を伸ばして、元興寺（がんごうじ）と御霊（ごりょう）神社にも」

「元興寺？」

軽く首を傾げた三郷に、

「はい」橙子は答えた。「こちらのお話も先月、小余綾先生から伺ったんです。この寺を有名にしたのは、ここが『鬼の寺』だという伝承で、寺には『元興寺（ガゴゼ）』という名の鬼が棲んでいたと」

確かに、と三郷は言った。

「『日本霊異記（りょういき）』や、江戸時代の鳥山石燕（とりやませきえん）の『画図百鬼夜行（ひゃっきやぎょう）』などにも登場しているわね。でも、

どうしてそんな鬼が棲むようになったのかは、判然としていないけど」

三郷は首を傾げながら口を開く。

「そもそも元興寺は、都が平城京に遷った際に、それまで飛鳥の地にあった法興寺――飛鳥寺の前身の寺を持ってきたといわれてる。事実、本堂の建築材を年代測定したら、法興寺創建時に近い木材だったということが判明したようだから。でも、飛鳥の地には現在『飛鳥大仏』を祀る飛鳥寺が現存しているから、おそらく飛鳥寺の金堂以外の殆どの建造物を解体して移築したんでしょうね。しかも――それこそ御霊神社はもちろんのこと――今の『ならまち』の大部分が元興寺の境内に含まれてしまうといわれているほどの規模でね」

さすが、詳しい。

目を丸くしながら頷いていると、三郷は続けた。

「となれば、ならまちに残っている伝承の殆どが元興寺と関連づけられるんでしょうね。特に、鬼や物の怪にまつわる怪奇譚などが」

ええ、と橙子は頷く。

「そのために『ガゴゼ』から発している『ガゴ』『ガゴジ』『ガゴシ』『ガゴセ』などの名称も物の怪を表す言葉となったと、小余綾先生はおっしゃっていました。全ては、元興寺が元々なんだと――」

ふうん、と三郷は微笑んだ。

「益々面白いわ、その先生」

「はい。とても素敵な方です」

と言ってから、あわてて言い直す。

「も、もちろん、その説がユニークという意味ですけど——。なので、こうして三郷先生とお会いする時には、仕事帰りに必ず奈良まで行って、これらの神社仏閣をお参りし直そうと決めていました」

「ちょっと待って。元興寺で思い出した」

「何か……」

首を傾げる橙子の前で三郷は手帳を広げ、パラパラとめくっていたが、

「やっぱり」大きく頷きながら言った。「今日は庚申だわ」

「え？」

「『庚申の日』は知っているわよね」

「十干の『庚』と、十二支の『申』を組み合わせた『庚申』の日ですよね」

「そう。六十日に一度必ず巡ってくる日」

「その、庚申が何か……」

「『庚申待ち』という言葉も聞いたことがあるでしょう」

「はい」橙子は頷く。「昔、その日は皆で集まって徹夜する風習があったという——」

そうね、と言って三郷は煙草に火をつけると、口を開いた。

「我々の体の中には『三尸』と呼ばれる三匹の虫が棲みついていて、彼らは六十日に一度巡ってくる庚申の日に、宿主が眠ったのを見計らって我々の体を抜け出し、宇宙の造物主である天帝に宿主の悪業を告げ口しに行く。その訴えを聞いた天帝は、罪過の重さによって我々の寿命を縮め

ていく。しかしその晩、一睡もせずに夜を明かせば三戸の虫たちは我々の体から抜け出すことができず、天帝に告げ口もできない。そこで、庚申の日は徹夜しなくてはいけないという風習ができた」

　三郷は、煙草をくゆらせながら続ける。

「でも、一人二人だけで一晩寝ずに過ごすのは、なかなか難しい。そこで、どうせなら大勢の人間を集めて、皆で夜明かししてしまおうというのが、江戸時代の『庚申待ち』の風習」

「江戸時代には、とっても盛んだったとか」

「でも、実を言えばその歴史は古くてね。すでに平安の頃には、貴族たちの間で広まっていた。その様子は『栄花物語』や『枕草子』にも書かれているし、『源氏物語』の中にも見られる」

「『源氏物語』にもですか」

「五十帖の『東屋（あずまや）』に、主人公の浮舟（うきふね）の住む裕福な家庭では『上手でもない歌合（うたあわせ）を催し、物語や庚申待などもして』遊びに耽（ふけ）っている——という皮肉っぽい記述があるし、『庚申』という文字は見えないけれど『帚木（ははきぎ）』の巻の光源氏たちによる夜を徹した雑談や品のない猥談、いわゆる『雨夜の品定め』は、庚申待ちだったのではないかと言われている。その平安貴族たちの風習が、段々と庶民の間に広まってきたようね」

「そうだったんですね……。でも現在では、すっかりそんな風習もなくなってしまっているようですけど」

　でも、と三郷は橙子を見た。

「その名残が今も奈良に残っているのよ。猿沢池の近く——特に『ならまち』の一部の地域に」

「えっ」

「しかも、あの町にある『庚申堂』は、御霊神社同様、これからあなたが訪れようとしている元興寺の境内に建っていた」

「そうなんですか――」

　全くの偶然としても……凄い。

　絶句する橙子を見て三郷はゆったりと微笑む。

「前回あなたがやって来たのは中秋の名月の日で、奈良の采女神社に参拝して、采女祭を見学したのよね。そして今日は庚申の日に、そんな信仰の残る『ならまち』に行こうとしているなんて。あなた、よっぽど奈良に呼ばれてるんじゃないの」

「い、いいえ、そんなことも……」

「ともかく」三郷は笑う。「折角だから行くべきね。猿沢池から元興寺――鬼の寺から『庚申堂』や『奈良町資料館』へ」

「はい」

　大きく頷く橙子に向かって、

「そうだわ」三郷は言った。「これから私用で大阪まで行かなくちゃならないのよ。あなたがこのまま京都駅に向かうのなら、駅まで一緒に歩きましょうか」

「それなら、タクシーを呼びますけど」

「いいのよ。こんなに良い季候だし、たまには歩かなくちゃ。それに」と笑って煙草を消すと立ち上がった。「もう少し、話の続きをしたいの」

「はい。そういうことなら――。ありがとうございます」

　橙子は感謝しながら立ち上がると会計を済ませ、編集部に打ち合わせ終了の報告を入れた。

　少し離れた場所で携帯を耳に当てて話をしている三郷を待つ間、橙子は、こっそりと頭の中で「庚申」――十干十二支の再確認をする。

　十干は「木・火・土・金・水」の五行――中国で言う万物の根源物質、元素――を、それぞれ「兄」と「弟」に分けたもので、

「木」は「甲」と「乙」。

「火」は「丙」と「丁」。

「土」は「戊」と「己」。

「金」は「庚」と「辛」。

「水」は「壬」と「癸」。


という十種類になり、これらが我々の世界を司っているという。

　もともと「干支」という呼び名は、この兄と弟に分けられた「十干」を、「兄弟」という意味で呼んでいたようなのだが、いつしかその代わりに「十二支」が「えと」と呼ばれるようになったと言われている。

　一方「十二支」は、

「子」「丑」「寅」「卯」「辰」「巳」「午」「未」「申」「酉」「戌」「亥」

という、我々に馴染み深い十二種類の動物を当てはめて使われる日時や方角を表す言葉で、現在も占いなどで良く使われている。

この「十干」と「十二支」を、「甲」と「子」から始まって順番に組み合わせたものが「十干十二支」で「庚」と「申」が組み合わされば「庚申」となるのだが――。

昔、ずっと不思議に思っていたことがある。

「十干」と「十二支」を全て組み合わせれば、十×十二で百二十通りになる。ところが、六十年で自分が生まれた干支と同じ年の「還暦」になって「一回り」してしまうのだ。

おかしくはないか?

でも、良く考えてみれば余りに当たり前の話。

この場合は、通常の一対一対応ではなく、偶数同士の数列がそれぞれズレていくわけだから「奇数番目の十干」は「奇数番目の十二支」と、「偶数番目の十干」は「偶数番目の十二支」としか出会わない。揃えて並べた二枚の定規を、一センチずつ同時に左右にずらしていくようなものだ。奇数と奇数、偶数と偶数のメモリしか対応しない。

だから、奇数番目の「兄」である「甲・丙・戊・庚・壬」は、同じく奇数番目の十二支である「子・寅・辰・午・申・戌」と、偶数番目の「弟」である「乙・丁・己・辛・癸」は、同じく偶数番目の十二支の「丑・卯・巳・未・酉・亥」としか対応し得ない。故にこの場合は「十」と「十二」の最小公倍数である「六十」で一回りして、再び「甲子」に戻ることになる――。

などと、橙子が一人納得していると、

「お待たせ」三郷が近付いてきた。「連絡がついたわ。出発しましょう」

ホテルを後にして二人で京都駅に向かって歩き出すと、

「実はね」三郷は言って、橙子を見た。「私も昔から『庚申待ち』に関して興味があったの。それで、少しだけ調べてみた」

「そうなんですね」橙子は驚いて尋ねる。「それで、いかがでした?」

「結局、良く分からなかった」

「えっ。先生が、分からないなんて……」

「何歳(いくつ)になっても、分からないことだらけよ」三郷は橙子を見ると、いたずらっぽく笑った。

「私はむしろ、この『庚申』に関して、あなたに調べて欲しいくらい」

「先生もご存じないのに、私なんかじゃ——」

「きっと、あなたなら大丈夫。采女祭に関する謎も、きちんと解いたじゃない」

「あれは——」

謎を解いたのは、橙子ではない。

あくまでも、小余綾俊輔だ。橙子は、そのきっかけを作っただけ。

そう口にしようとした機先を制するように、

「だってね」と三郷は言う。「日光東照宮で有名な『見ざる・言わざる・聞かざる』の『三猿(さんざる)』だって『庚申』だと言われてるのよ」

「三猿が？」

「三猿は日本固有のものではなく、ルーツを辿れば東南アジアやアフリカ、果ては古代エジプトまで到達するらしいわ。わが国、特に天台宗などでは、開祖・最澄が『空仮中』の三諦——諦めることの賢明さを教える道徳的訓戒として作ったという伝承があるけれど、真実は、三猿が巡り巡って中国に到達した際に『三諦』のモデルに置き換えられ、それを目にした最澄が、そのまま日本へ持ってきたというのが正しいようね」

「そうだったんですか……」

「その後三猿は——「猿」と「申」の繋がりなんでしょうね——庚申様と同体になったの。江戸時代の百科事典『和漢三才図会』の庚申の項に、三猿の図が描かれていることがその証拠」

「はあ……」

　としか答えようがない。

　今まで何度も目にしている三猿に、そんな歴史があったとは。しかも、それが「庚申」に関係しているとは——。

「そんな庚申様や、塞の神を祀っている庚申塔は、日本全国各地にある。でも、その実態は殆どつかめていない。というより『庚申信仰』そのものが、謎とされているから」

　橙子などは、殆ど何も知らないと言ってよいだろう。それを正直に告げると、

「庚申信仰というと」三郷は口を開いた。「教祖も教典も教義らしきものも何もない『得体の知れない信仰』という印象を受けるけれど、庚申研究の大家と呼ばれる窪徳忠によれば、実は『庚申経』——『教』ではなく『お経』の方ね——というものが存在しているという」

「でも……お経が存在しているなら、庚申信仰も仏教のような、一種の宗教だったんですね」

驚きながら尋ねる橙子を見て、

「そう簡単には行かないのよ」三郷は笑う。「何しろ『経』はあるけれど『経典』は存在していないらしいから」

「どういうことですか？　矛盾していませんか」

「つまり『庚申経』は、民間での言い伝えレベルだということでしょうね。道教の一部のようだし」

「道教ですか……」

「道教もね――」と、三郷は笑った。「単純に『宗教』と言い切れなくて、中国古来の巫術や老荘思想などに加え、陰陽五行説や神仙思想などが加わった『謎の民間信仰』といわれてる。この辺りを追究して行くと、ますます不可解になってしまうのよ。だから今は『庚申待ちは道教由来』というところまでね」

「はい……」

頷く橙子の隣で、三郷は続ける。

「でも、今言ったように、庚申待ちは道教から来る『庚申参り』だということは分かってる」

「庚申参り……ですか」

「『守庚申』とも言うわ。ちなみに柳田國男は、これは日本古来の信仰――宗教だという論を張っていたけれど、それも窪徳忠によって論破されてしまった。やはりこれは、あくまでも道教から来ているものだと。それがわが国に伝播して一般的に広まったようね。但し――」

と言うと、三郷は橙子を見た。

「ここが、とても重要な点なんだけど」

「は、はい」

橙子が真剣な眼差しで見返すと、三郷は言う。

「我々日本人は異国の文化を受け入れると、必ず日本的に変容させてしまう。それこそ窪氏も言っているように、

『私たちの生活のなかにとけこんでいる信仰や風俗や習慣でも、その由来をたずねてみると、実は外国起源のものだったりすることがだいぶある。けれどもそれらは、いまでは、外国のものらしい感じはまったくないほどにまで日本化している』

ということ。これは、芥川龍之介も『神神の微笑』の中で、同じようなことを言っている。キリスト教に改宗させようという目的を持って日本にやって来た宣教師に向かって、日本の『神』がこう告げる。

『我我の力と云うのは、破壊する力ではありません。造り変える力なのです』

そして宣教師は、

『この国の霊と戦うのは、思ったよりもっと困難らしい』

ことを知る。そういう意味では、私たちは日本独自の文化の中で生きていることになるわ。たとえ、そのルーツがどこの国の何にあろうとも」

「中国では女性が織物や笛などの技芸が上達するようにと願った『乞巧奠』が、わが国では『七夕』へと変容したように……ですね」

そう、と三郷は首肯した。

「立春前の『節分』も、五月五日の『端午の節句』も同じ。本来の意味をほんの微かに残しながらも、全く異なった風習になってしまっている。おそらく、そのルーツを持つ国の人が見ても、一体何だか分からないほどに――。だから、庚申参りも庚申信仰も間違いなく、文化人類学でいう『文化変容』の一例となっているはず」

「そう……思います」

頷く橙子に三郷は続ける。

「さっき言ったように、平安時代にはかなり浸透していたようだけど、江戸時代を待つまでもなく、その頃には完全に『文化変容』していて、殆ど『日本の風習』になっていたでしょうね。そして江戸時代になると、道教云々という関わりも全く見られなくなってしまった。しかも、この『守庚申』『庚申待ち』の際には、仏教では帝釈天や、謎の神仏といわれる青面金剛を、また神道では猿田彦神を祀っていたというから……やっぱり、ごちゃごちゃね」

「猿田彦神を？」

「庚申の『申』は『猿』だから、そこからきているという説もあるけれど、今はそれ以上のことは分からない……。ねえ、面白そうでしょう」

「はい」

橙子が複雑な表情で頷くのを見た三郷が楽しそうに笑った時、二人は京都駅に到着した。

「さて――。私が伝えられる話は、こんなところ」三郷は言った。

「中途半端で申し訳ないけれど、もしも興味を持ったら、後はあなたが自分で調べてね」

「は、はい。ありがとうございます！」

新幹線の改札口で、橙子は深々とお辞儀をした。

三郷を見送ると、橙子は向かい側の近鉄特急乗り場へと急ぎ、ホームの売店でサンドイッチとお茶を購入する。少し遅いお昼だ。奈良に到着してから「ならまち」でのランチは、とても魅力的でそそられるけれど、今回は時間がもったいない。その機会はまた後回し。

やって来た特急に乗り込むと、橙子はすぐにパソコンと携帯を開き、サンドイッチを頬張りながら「庚申」について調べる。

すると、確かに三郷の言った通り、昔の書物にも多く見られた。

さっき三郷が言っていた『源氏物語』はもちろん、『枕草子』「九十五段」にも、

「など言ひてあるころ、庚申せさせたまふとて、内(うち)の大臣殿(おおいどの)、いみじう心まうけせさせたまへり」

——などと言っているころ、中宮様が庚申の夜の催しをなさるということで、内大臣様が、たいそう気を入れて準備していらっしゃる。

とあった。更に『今昔物語集』「巻第二十四」には、

「女房共数(あまた)有て庚申しける夜」

云々とある。

どうやら平安貴族たちにとって「庚申」は、ごく当たり前の風習だったようだ。

ただここでは、まだ「道教」絡みの臭いが強い。

しかし、そういった中国の宗教、あるいは民間信仰が絡んでくると話がややこしくなる。そこで「庚申経」や「道教」から一旦離れて——さっきから、ずっと気になっている——庚申待ちの動機の「三尸」の虫について調べることにした。こちらは面白そうだし、しかも実にたくさんの資料が見つかる。誰もが興味を惹かれる所なのかも知れない。

というわけで——。

南方熊楠は「シシ虫の迷信幷に庚申の話」という論文の中で、

「尤も分らぬはシシ虫で、『新撰字鏡』、『和名抄』等に此名見えず」


と頭を悩ませていたようだが、これも窪氏に言わせれば、これらの初出は、四世紀頃に晋の国で書かれた『抱朴子』という書物で、それが徐々に変化した結果、いわゆる「三尸」になったらしい。

ちなみに「三尸」の「尸」は『字統』によれば「屍体の横たわる形」であり、祭祀の際に「死者に代わって神位に坐するもの」だという。そして「尸・死・屍はもと一系の字である」とも。

更に、庚申信仰に詳しい飯田道夫によれば、

「熟語の〝尸虫(しちゅう)〟は〝死体からわくうじ虫〟のことである」

とまでなる。

そんな「三尸」は、どんな「虫」なのかといえば――。

我々の頭には『上尸(じょうし)』、腹部には『中尸(ちゅうし)』、足には『下尸(げし)』が、それぞれ棲んでいる。

上尸は、彭踞(ほうきょ)・彭倨(ほうきょ)などと呼ばれ、別名を青姑(せいこ)。中国の「道士」のような姿をしている。しかし、この虫のために人間の眼は翳(かす)み、皺が寄り、歯が抜けてしまったりするという。

中尸は、彭質(ほうしつ)・彭侯(ほうこう)などといわれる怪しげな獣の姿をしており、別名を白姑(はくこ)。我々の五臓を冒し、短気・健忘の元になる。人が悪事を行うのも、悪夢を見たり不安を感ずるのも、この中尸のせいだという。

下尸は、彭矯(ほうきょう)・彭蹻(ほうきょう)などといい、別名を血姑(けっこ)。牛の頭に人の脚が付いた姿で描かれ、足に棲んでいる。我々はこの虫のお陰で精神が乱れ、自身をうまくコントロールできなくなるのだという。

そして、十干十二支・六十日周期の五十七番目に当たる庚申の日。

天帝は門を開き、地上からやって来る三尸たちから、彼らが棲みついていた人間の罪過を聴聞する。その罪過が三万五千あれば、その人間は即死だという。

実に、体の中に居て欲しくない面倒な「虫」たちだ。

かと言って、これらの三尸を取り除こうと思っても、従来の服薬や断穀などは功を奏さないので、我々は逆に、庚申の日に三尸を体内から出さないための徹夜――「庚申待ち」を行うことになる。排除も退治もできないのなら、天帝に告げ口に行かれないよう、ずっと体内に閉じ込めておけというわけだ。

だが、何故その行為——徹夜を「庚申待ち」と呼ぶのかは分かっていない。「庚申の夜明け待ち」が縮まったのか、それとも庚申「参り」が「待ち」に変化したのか、これは不明だ。

ただ、このやっかいな三尸の虫たちのために、我々は一生涯、庚申待ちをし続けなくてはならないのかといえば、そんなこともなく、

「守庚申を三回やれば三尸はおそれおののき、七度やれば永久に絶えてしまう」

と言われている。あるいはまた、

「三年つづけて庚申待を達成すれば成就万願で、供養塔を建てることが推(すす)められていた」

とも言われ、その際に建てられた供養塔は「庚申塔」と呼ばれている。さっき三郷も言っていた「三猿」もある、道端に置かれている小さな石の塔、あるいは石像だ。

この石像も、最近は殆ど見かけなくなってしまっているが、橙子は以前にたくさん見かけた記憶がある。確か……どこかの山岳地帯に旅行した時だ。無数の石像が、ズラリと並んでいた。それら全てが「庚申塔」だったのかどうか、その時は何も意識していなかったから定かではないのだが。

あれは、どこだったか。

額を軽く叩いて前頭葉を刺激するが、思い出せない。

河竹黙阿弥(かわたけもくあみ)作の歌舞伎「三人吉三(さんにんきちさ)」で、お嬢吉三(じょうきちさ)が、あの有名な、

「月も朧(おぼろ)に白魚(しらうお)の……こいつぁ春から縁起がいいわえ」

という科白(せりふ)を述べる場面は、まさに「大川端(おおかわばた)庚申塚の場」。だから確か、お嬢の背後には小さな庚申塚が置かれていたはず。

そんな場面なら、すぐに思い出せるのに。

もどかしい……。

いや。それはまた後でゆっくり思い出そう。今はとにかく「庚申待ち」だ。

橙子は、再びパソコンに視線を落とした。

そんなわけで、庚申の日に眠りさえしないでいれば三戸の虫を恐れることもなく、しかも不眠の夜明かしを七回達成すれば永久に駆除できるらしい。そこで万が一、眠ってしまって失敗しても、チャンスは毎年六度ほどもあるし、もしくはそんな時に唱える呪文——歌まで用意されているという。それは、

夜もすがら　我はねざるの此床に
　ねたるもねぬぞ　しんはまさるぞ

と、音を立てて歯を噛み鳴らしながら三回唱えるのだという。

寝たように見えても寝ていないんだぞという、実に都合の良い呪文で「ねざる」「まさる」など「猿」関連の文言も入っていて、何となく微笑ましい。

故に人々——特に江戸人にとって庚申待ちは、そこまで深刻な行事ではなく、皆で集まって酒を飲み、歌を詠んだり、あるいは「雨夜の品定め」のように、だらだらと話をする、単なる時間潰しともなっていたようだ。

そうやって誰もが、ある程度気軽に参加できる場でもあったようだが、とはいえ決して楽しい

ばかりの風習とは言えなかったらしい。

わいわいと騒いでいるうちに、気がついたら朝になっていたというわけでもなく、かといって、厳かな神事が夜を徹して行われるわけでもない。酒を飲みながら徹夜するのが好きな連中を除いて、一般の人々にとっては、むしろ「迷惑な風習」だったようだ。しかも、その場に参加していないと、近所から爪弾きされ、白い目で見られてしまうのだから、確かに余り嬉しくはない。

特に、庚申の晩の男女の交わりが固く禁じられていたことも、庶民にとって「迷惑な風習」の一つだったろう。その禁を破って妊娠でもしようものなら、生まれた子供は盗賊になるとされていた。嘘か本当か、石川五右衛門が、その代表なのだという。江戸川柳にも、

五右衛門の親　庚申の夜を忘れ

とあった。

また盗賊にならずに済んだとしても、その子は、

「あばれッ子で、親いじめをする」

「馬鹿になる。馬鹿を庚申さんの申し子という」

など、散々な書かれようだ。

だが例によって江戸っ子は、そんな状況を洒落のめして、さまざまな川柳を作っている。たとえば――。

こらへ情なく盗人を孕むなり

今日庚申だと姑いらぬ世話

庚申をあくる日きいて嫁こまり

夕べ庚申かへと嫁へんな顔

庚申は「せざる」をいれて四猿なり

などなど――。

最後の句は、もちろん「三猿」を踏まえて詠んでいるのだろうが、思わず吹き出してしまいそうな楽しい句が、画面にずらりと現れる。

これも、皆の集まりを無視して二人だけで楽しんでいるなよ、という僻み嫉みから来ているのかも知れない。

それらを眺めながら微笑んでいると、電車は近鉄奈良駅に滑り込んだ。

橙子はあわててパソコンを閉じると、荷物をまとめる。続きはまた、帰りの電車の中だ。

*

堀越誠也は、大阪駅前を歩いていた。

これから難波のシティホテルで開かれる、日本史学会に参加する。といっても今回は、発表者ではなく聴講者側なので、かなり気楽。

誠也は、東京麴町にある日枝山王大学歴史学研究室——熊谷源二郎研究室の助手。

高校時代、気の合う仲間たちと「史跡巡り研究会」というサークルを結成した。しかしこれは名前だけ。実質は、ただの遊び旅行だったが、それでは格好がつかないからと誠也が提案したのだ。でも名前をつけた以上、一応、形だけは史跡や神社仏閣もまわったりした。すると不思議なもので、少しずつ日本の歴史に興味を持つようになり、誠也は日枝山王大学の歴史学科に入学し、更には大学院まで進んだ。その過程で、熊谷教授に目をかけてもらい、現在に至っている。

だから史学学会は好きだし、しかも空いた時間で大阪をまわれるので、本来ならば望む所のはずなのだが、今日は少し気が重い。今回の学会が珍しく平日に開催されるため、いつものように終了後のんびり観光できないという理由もあるが、それだけではない。

実は今、誠也たちの歴史学科では、天皇の皇位継承に関する問題で大きく揉めている。

いわゆる「男系・女系天皇」問題だ。

それは決して、誠也の母校だけではなく世間一般でも同様だった。今まで先延ばしにしてきた議論が、一昨年辺りから公の場で堂々と交わされるようになり、宮内庁も日本政府も、いよいよ避けては通れない状況になっている。

マスコミは連日のようにその報道を流し、ついには諮問機関が設立されるという話になった。誠也の上司である熊谷教授も、日本中世史の専門家の一人として声が掛かるのではないかといわれている。

それは結構な話なのだが、日枝山王大学歴史学科にはもう一つ、遠山征志（とおやまただし）教授率いる遠山研究室がある。この遠山教授と熊谷教授とが「男系・女系天皇」問題に関して、どうやら意見が合わず揉めそうな雰囲気――いや、熊谷教授はまだ自分の意見を公に表明してはいないので何も論争は起こっていないが――があるのだ。

遠山教授は明らかに、現在の皇室典範（こうしつてんぱん）に沿って「男系男子」のみが天皇となるべきだという強硬な「男系男子」派の人物であることは誰もが知っている。しかし一方の熊谷教授は、もう少し熟考したいと言っている。

それを耳にした遠山教授は、来週中にも研究室生たちも含めた論争、あるいは合意の場を設けるようにと申し出てきたのである。ここで、誠也たちまで巻き込む問題に発展してしまい、ややこしい話に発展してしまったのだ――。

ちなみに、この「男系・女系天皇」問題は「男性・女性天皇」という話とは全く違う。

どう違うのかといえば、まず「〇〇系」というのは、その人物の親（あくまでも皇族）のことで、「男性皇族」が結婚されて男子がお生まれになれば、その方は「男系男子」となり、女子であれば、その方は「男系女子」となる。

一方、「女性皇族」が結婚されてお生みになった男子は「女系男子」。女子ならば「女系女子」

となる。

皇室の血統は、この四通りのパターンでしか次世代へ継承されないことになる。

ところが現在、皇位継承順位を始めとする皇室に関する制度を定めている皇室典範の第一章・第一条には、こう書かれている。

第一条　皇位は、皇統に属する男系の男子が、これを継承する。

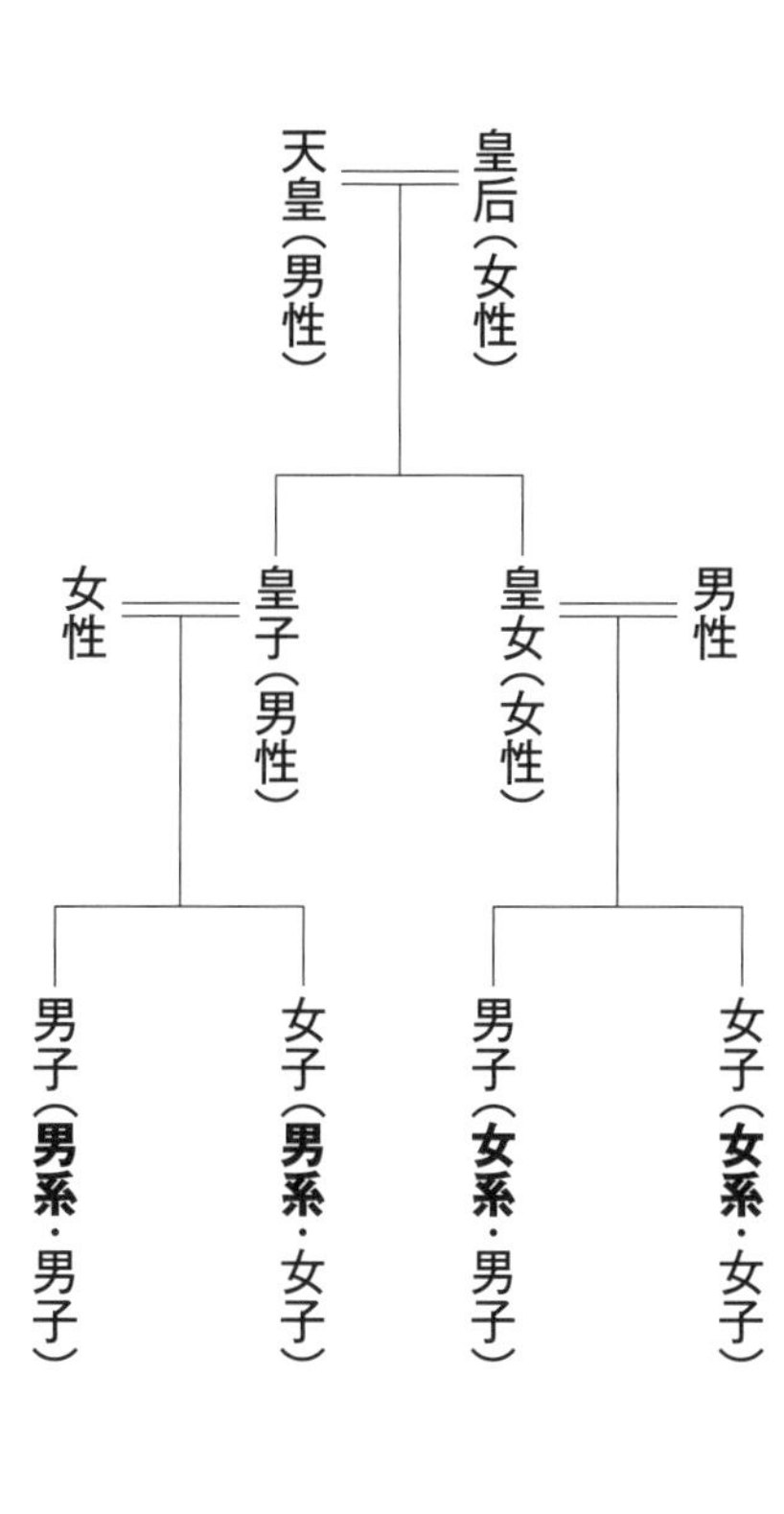

先ほどの四パターンのうち、たった一つのパターンである「男系男子」しか天皇になれないと定められているのだ。「男系女子」も「女系男子」も「女系女子」も、全て認められていない。

では、それはどういう理由によるのかというと、ここでさまざまな議論が沸き上がってくる。

一番簡単な理由は「過去に例がない」「伝統が途絶える」という論拠だ。

そんな単純な……と思われるこの論にも一理ある。というのも「女性天皇」は古代から、

第三十三代・推古天皇。
第三十五代・皇極　天皇。
第三十七代・斉明天皇――皇極天皇重祚。
第四十一代・持統天皇。
第四十三代・元明天皇。
第四十四代・元正　天皇。
第四十六代・孝謙天皇。
第四十八代・称徳　天皇――孝謙天皇重祚。

そして時代はぐっと下って、江戸時代には、

第百九代・明正　天皇。
第百十七代・後桜町天皇。

という、八名十代の天皇しかいらっしゃらない。

そしてここが重要なポイントなのだが、この八名は「女性天皇」ではあるが「男系女子」の天皇であって「女系女子」の天皇ではないということだ。この二千年にわたる歴史の中で「女系天皇」は皆無。全く前例がないではないかと言われてしまうと、非常に反論し難い。

しかも全員が、跡継ぎが生まれるまでの中継ぎ的な立場だったというのが定説だ（誠也はこの一点に関して、少なくとも持統天皇は単なる中継ぎではなく、その実力を以て即位されている、と考えている――）。

更に、もう一つの理由としては「神武（じんむ）天皇以来の血統が、途切れてしまう」というものがある。

これはどういうことかと言えば、我々人間の性染色体は、男性が「ＸＹ」であり、女性が「ＸＸ」と決まっている。神武天皇は男性であるから「ＸＹ」染色体遺伝子。それが「男系男子」へと受け継がれる分には必ず同じ「Ｙ」染色体があり、「男系女子」の天皇も、少なくとも同じ「Ｘ」染色体を持つことになる。

ところが男系女子といえども、孫以降の代になってしまうと、結婚相手によっては、異なった「Ｙ」染色体が入ってしまう可能性が出てくる。

それまで受け継がれてきた「神武のＸＹ」から、「新たなＸＹ」へと変遷してしまう――「王朝交替」が起こってしまうかも知れないというものだ。二千年以上続いた皇統が、全く別物になってしまうではないかという主張が「男系男子」以外は安心できない、認められないという意見になる。これは遠山教授も強く主張している意見だ。

但し。

この意見が孕んでいる一番の問題は何かと言えば、側室の存在が認められなくなっている現在、皇室に必ず男子が誕生するとは限らないという点だ。

このまま「男系男子」に拘っていると、いずれ皇室は先細りになり、やがては消滅の危機を迎えてしまうであろうことが目に見えている。皇室の存続は、まさに神のみぞ知ることになっているのが現状だ。

そうなると皇后は、皇室維持のために絶対に男子を生まなくてはならなくなる。のし掛かる責任感は、我々の想像を遥かに超えるものだろう。昔ほどではなくなっているにしても、一般の我々にさえ子供ができないことに対してのプレッシャーは多少なりともあるのだから、皇后はそれを幾重にも上回る重圧に苛まれてしまうことになる。

それに関しての対応策もさまざま考えられているようだが、どうも全て付け焼き刃で、根本的な解決にはなってはいない。

であれば、女性天皇は仕方ないという結論になるはずだが、それすらも認めないという人たちがいる。

だがこちらの意見もまた一理あって、女性天皇のもとでは、いつ「女系天皇」が誕生してしまうか予測できないというわけだ。天皇のお相手の方が皇族の男性ならば問題ないが、それ以外の方とご結婚なされて、皇太子をお生みになった場合、いずれ天皇——「女系天皇」となられる。これは、さすがに見過ごせないという危惧だ。

では、婚姻のお相手が皇族ならば良いのかというと、今度は「近親の血」という、また更にやっかいな問題が生まれてくる。

　そこで、その根本的対応策を検討するために、諮問機関を立ち上げるようなのだが――。

　熊谷教授が未だ自分の意見を公にしないため、誠也たちの研究室には、連日、各方面から問い合わせが相次ぎ、誠也たちもその対応に追われていた。そしてついに熊谷教授からも、来週の前半に誠也たち、研究室の人間全員の意見を個人発表するようにという通達が出された。

　あくまでも個人的直感だが、もちろん熊谷教授は自分の考えを決めているように思う。ただ、それがどのようなものなのかは想像できないが、自分の意見を発表する前に誠也たちの考えを聞いておこう――と言うよりこれは、この機会を利用しての、熊谷教授から、誠也たちに対して出題された課題なのかも知れないと感じている。

　しかし残念ながら誠也は、まだ結論を出しかねていた。座右の銘は「果報は寝て待て」なのだが、今回ばかりはそう言っていられないようだ。そこで色々と考えを巡らせているのだが、考えれば考えるほど、堂々巡りになってしまっていた。

　そんな重苦しい空気に耐えられず、いつもであれば断ってしまいそうな、平日の学会参加に手を挙げた。場所が大阪ということもあり、少し東京を離れて自分の考えをまとめようと思ったのだ。地元の神社仏閣でもまわれば、多少の御利益があるのではないか。文字通り「苦しい時の神頼み」である。

　誠也は軽く嘆息する。

　今日は、いつものように初日のオリエンテーションと、その後の懇親会と称する飲み会。それを早々に引き上げてホテルの部屋に戻って、明日半日の自由時間をどう使おうか考えるつもりでいる。余り時間を取れないから、近場の神社仏閣に参拝してみよう。

〝どこにお参りしようか……〟

歩きながら、ふと閃いた。

高校時代の「史跡巡り研究会」で（殆ど遊びで）やって来て以来、一度も足を運んでいない住吉大社はどうだろう。折角、大阪までやって来たのだ。やはりここは、摂津国一の宮・住吉大社を訪ねるべきではないのか。

今悩んでいる「天皇」「皇族」問題と、少し外れてしまうかも知れない——といっても、あの社には、かの有名な神功皇后が祀られている。この皇后は、とても謎が多い人物で、歴史学上から見ても非常に興味があるところ。

神功皇后は、第十四代・仲哀天皇皇后で、名前は『日本書紀』によれば「気長足姫尊」。『古事記』では「息長帯比売命」。彼女は皇后という立場でありながら『書紀』では、一巻丸々充てて編纂されていることが異例中の異例で、かなり特別視されていた人物といえる。

その皇后に関しては、さまざまなエピソードがあるが、やはり特筆すべきは仲哀天皇九年（二〇〇）の、新羅討伐——いわゆる三韓（高句麗・百済・新羅）征伐だ。

その前年、天皇は神功皇后と共に筑紫国まで熊襲征伐に乗り出した。現在の福岡県・香椎宮に出向くと、皇后の忠実な部下であった武内宿禰と三人で、自ら琴を弾いて託宣を求めた。すると皇后に住吉大神が降り、

「西の方に国がある。まずその国を帰属させよ」

とお告げがあった。しかし、その神託を信じなかった仲哀天皇は、突然崩御されてしまう。

『古事記』によれば、

「すなはち火を挙げて見れば、既に崩りましぬ」

――灯りを点して見たところ、天皇は既になくなっていた、というのだから驚く。それほど、住吉大神の言葉は恐ろしいというわけだ。

そして住吉大社は、その大神の神託を受けた神功皇后が創建されたと言われていたはず……。

この際やはり、

〝住吉大社に行ってみよう〟

誠也は、懇親会を早めに切り上げて、住吉大社に関する情報を確認・収集することにした。

*

橙子は、資料とノートパソコンの入った重いバッグを背負い直すと、待ち合わせの人たちで取り囲まれている近鉄奈良駅前の噴水の中央に屹立する行基菩薩像を横目に過ぎた。修学旅行生たちでごった返す東向商店街アーケードを歩き、両側にズラリと並んだ土産物店や飲食店を眺めながら、大勢の観光客や修学旅行生たちを掻き分けるようにして三条通へと向かう。

三条通に突き当たると左折。ほぼ正面にそびえ立つ興福寺の五重塔を眺めながら歩けば、目の前は、もう猿沢池。今日は何の催しもないため、池は数人の観光客や地元の人たちと何頭もの放し飼いの鹿たちが、周囲をのんびり散歩しているばかり。先月の祭の時とは打って変わって、実にのどかな風景だ。

池の手前、北西の角に采女神社は鎮座している。

祭礼の日しか公開されないこの神社は、ひっそりと門扉を閉ざしていた。ほんの五メートル四方ほどの小さな境内。通りすがりに目を留める観光客は誰もいない。橙子も朱色の瑞垣の外から社殿を遥拝すると、猿沢池へと進む。

社務所横に大きく「えんむすび」と書かれた看板が掛かっていた。だが、まさにこの采女大神こそ、結果的に「縁結」ばれず、それどころか愛する我が子までも失ってしまった悲運の女性。だからこそ、我々誰もが幸せに「縁結」ばれるように願ってくれている心優しい女神なのだ。

橙子はそこでも軽く一礼して神社を後にすると、池に沿って南へ歩く。この道も、先月の祭の当日は見物客やら取材者やらで立錐の余地もなかったが、今はやはりわずか数人の散歩者と鹿が数頭、秋の午後の穏やかな日差しを浴びながら歩いているだけ。

橙子は、池の脇を流れている率川に架かる橋を渡る。川と言っても池の西側で暗渠になってしまい、この近辺では微かに水が流れ、あるいは滞留しているだけだった。

そんな殆ど涸れている川の中央——橋の斜め下方に、小さな石仏の群れが見えた。

それらは、川の中州のような形をした紡錘形の石船の上に、五十体ほどズラリと並べられていた。「率川地蔵尊」と呼ばれるらしいが、良く見かける地蔵のような形ではなく、様々な形をした一枚の石が「奉納」と書かれた赤い布で巻かれている。船の前方には「率川」と刻まれた社号標のような形をした岩が立っていたが、それらは川が台風や大雨などで増水すれば、全て水没してしまいそうな背丈だった。軽く手を合わせて歩を進めると、右手の民家に貼られている説明板

に目が留まった。そこには、

「今御門町（いまみかどちょう）
奈良に七御門と称する門（東・西・北・中・今・高・下の各御門）があった。
そのうち東御門を除いた六御門は現在も町名として残っている。
今御門は元興寺の北門がここにあったところからといわれているが――云々」

と書かれていた。

先月も目にした説明板だ。その時は、特に何の感想もなかったが、思えば元興寺本堂までは、ここからまだ五百メートルほどもある。

三郷も言っていたように、現在の「ならまち」の殆どが「元興寺」だったというのだから、当時はこの辺りまで寺の広大な境内だったのだろう。とすれば素直に、ここには「元興寺の北門」があったという説で良いと思う。

橙子は一人で勝手に納得しながら歩く。

途中に、鳥居に「道祖神（どうそじん）」と書かれた額の掛かっている小さな神社が鎮座していた。采女神社より、更に小さな規模の社だ。その由緒書きには、

「猿田彦神社（道祖神）」

とあり、祭神は「猿田彦命」「市寸島姫命」と書かれていた。

猿田彦神は、天孫降臨によって瓊瓊杵尊が高天原から地上へ天降りされようとした際に、尊を先導した地上の神だ。ゆえにこの社のように、道々の悪霊・悪神を防ぐ道開きの神である「道祖神」として祀られていることが多いのだろう。

そう考えれば、この「今御門商店街」と「西寺林商店街」との直角に交差している四つ辻の角に鎮座しているというのは、確かに理に適っている。

更に由緒書きには、この道祖神は、

「平城天皇の御代に元興寺境内に」

初めて祀られたとある。しかも当時は、現在の何倍もの規模だったというから、とても重要視されていたことになる。

鳥居をくぐって境内に入ると、橙子の顔の辺りまでの高さの大きく黒っぽい石が置かれ、祀られていた。「賭博の神」だそうだが、詳しい由来は分からない。もしかすると「塞の神」と「賽子の神」の連想かも知れない。

一間社の本殿に向かって参拝すると、橙子は境内を出て再び南へと下る。すると、先程の三条通よりも広い「ならまち大通り」の少し手前に、これもまた小さな社が見えた。采女神社同様、門扉は閉ざされているので直接の参拝は叶わなかったが、由緒書きに目を落とせば、

「住吉神社」


とあった。こちらもまた、元興寺境内に鎮座していた社らしい。

住吉神社であるから、祭神はもちろん「表筒男命・中筒男命・底筒男命」の住吉三神と、その他に蔵王権現を祀っているとあった。猿田彦神社同様、昔はとても大規模な社だったようだが、驚いたことに、

「宝徳二年　元興寺と興福寺の争いに焼失」


と書かれていた。

宝徳と言うと、一四五〇年頃だ。室町時代に、寺社が焼失してしまうほどの戦いがあったのか、と橙子は驚嘆する。もっとも、その少し後には、京都の町が殆ど焼失してしまった応仁の乱が勃発しているのだから、そんな不穏な時代ではあったのだろう。

それにしても――。

先ほどの「道祖神」の猿田彦神社といい、こちらの「住吉神社」といい、現在の姿からは想像できないほど大きく立派だったとすれば、それを擁する元興寺は更に広大だったということになる――。


ならまち大通りを渡ると、すぐ左手が元興寺だ。

この頃から、道の両側に立ち並ぶ家々の軒先に吊り下げられている奇妙な飾りが目に留まるようになってきた。まだ、ポツリポツリと所々だったが、この先方に見える家々では、殆どの軒先に吊るされている。

その飾りは、赤く四角い座布団の四隅を一つにまとめて結んで、くるりと丸めたような不思議な形をしていた。それらがまるで、吊し雛のように、一本の紐に数個、縦に並んで吊られている。胸ポケットに入るほどの小さな物から、掌に載るような物、そして横幅一メートルもあろうかという大きな物まで実にさまざまだった。

一体、何の飾りなんだろう。

前回やって来た時は「采女」で頭が一杯だったので、全く気がつかなかったけれど、これらは庚申の日だけ飾るのか。それとも、毎日飾っているのか。

橙子は、休憩がてら喫茶店に入ってパソコンで調べることにした。幸いすぐ近くに、先月入った喫茶店があった。古民家風の造りで、店内も落ち着いた雰囲気。紹介してくれたタクシーの運転手の言葉通り、かき氷がとても美味しい店だった。

橙子は迷わずその店に入り――季節柄さすがに「かき氷」ではなく――コーヒーを注文する。テーブルの上でパソコンを開いていると、すぐにコーヒーが運ばれてきた。すかさず橙子はその店員に、あの赤い飾りは何なんですか？　と尋ねる。

「え……」女性はキョトンとして、しかしすぐに微笑んだ。「ああ。庚申様ですから」

やはり庚申関係だ。

初めて目にしたのでと前置きして、飾りの名前を尋ねると、

「括り猿です」女性は説明してくれる。「身代わり猿とも呼ばれる庚申様のお使いの猿で、私たちの厄を持って行ってくれると言われてるんです。猿だから『厄が去る』に通じているって、私の家でも飾ってます」

橙子は「ありがとう」とお礼を述べてパソコンに向かうと、美味しいコーヒーを飲みながら検索をかける。すると画面には、たくさんの「括り猿」の画像が現れた。良く見れば、四隅を結ばれた「赤い座布団」の中央に、白く丸い小さな物がみえるから、これが猿の頭ということなんだろう。括られた体の中ほどに白い布が巻かれ、そこに願い事が書かれている物まであった。

では、この「括り猿」がどういった「厄」の身代わりとなってくれるのかといえば、もともとは「疱瘡」——天然痘だったらしい。更に昔は「赤」は魔除けの色ともいわれていたから、二重の意味で「疱瘡が去る」「疱瘡を取り去る」ということになるのだろう。

しかし、それにしても……。

今回は「猿」だらけじゃないか。

橙子は笑いながらコーヒーを飲み干すと、パソコンを閉じて喫茶店を出た。

元興寺は、想像していたより遥かに広大な寺院だった。それでも、昔の二十分の一程度の規模になってしまっているというのだから驚く。

「元興寺　極楽房　僧坊」と刻まれた寺号標を眺めながら、橙子は山門をくぐる。もちろん、禅堂や宝物館にも興味があったが、今日はさすがに時間がないので、本堂——極楽堂だけお参りさせていただくことにする。

境内に入ると、本堂向かって左手の広い空間に整然と並んでいる石塔が目に入った。その数はといえば、先ほど目にした率川地蔵尊とは比較にならない。ザッと見渡しても、何百基では利かないのではないか。

但しこちらは率川とは異なり、殆どが小さな五輪塔や宝篋印塔や石仏だった。説明板を見れば、それら二千五百余基（！）の石塔や石仏を「田圃の稲の如く整備した」ので「浮図田」と呼んでいるらしかった。「浮図」というのはこの場合、もちろん「卒塔婆」のことだ。

橙子は、それらの正面――大きな仏足石の前で軽く手を合わせると、本堂へ向かった。

本堂は、東を正面とする桁行・梁間共に六間、正面に通り廂が付く本瓦葺きの立派な造りだった。しかもその瓦が、部分的にではあるけれど、千三百年も昔の創成期の頃の物を未だに用いているというから驚いてしまう。

広い内陣には、昔の僧坊時代の房がそのまま取り込まれ、そこには日本浄土六祖の一人といわれる智光法師が描かせたという智光曼荼羅が祀られていた。

だがこの寺には、俊輔も言っていたように、恐ろしい人食い鬼――「ガゴゼ」が棲んでいたのだという。

それだけではない。境内の一角には「蛙石」と呼ばれる石も置かれている。その石には、大坂夏の陣で亡くなった淀君の念が取り憑いており、大坂城の堀で溺死した屍体は、全てこの「蛙石」の近辺まで流れ着くという伝承があったのだという……。

やはりまた、日を改めて訪れなくてはならない。橙子は心に決めて、本堂をじっくりお参りすると、元興寺を後にした。

続いて、道を挟んで南側に鎮座しているもう一つの元興寺——こちらは何故か華厳（けごん）宗らしい——と東塔跡を見学して、その隣の、ならまち御霊神社——「南都御霊神社」に参拝する。

ここは以前に俊輔からも話を聞いたことがある御霊神社で、京都に鎮座している御霊神社と祭神はほぼ同じ。いわゆる「八所（はっしょ）御霊」で、権力争いや時の政争に敗れて殺害された、井上（いがみ）内親王や、その子である他戸（おさべ）親王、伊豫（いよ）親王、早良（さわら）親王などなどが祀られている。

更にこの場所ではその他にも、菅原道真（すがわらのみちざね）公や、祓戸大神（はらえどのおおかみ）四柱、市杵嶋比売（いちきしまひめ）命、そして猿田彦神も祀っていた。

またしても——猿田彦神。

「申」や「猿」、そして道祖神絡みとはいえ、この辺りは猿田彦神だらけではないか。これらは全くの偶然なのか、それとも何か理由があるのか……。

首を傾げながら境内を後にした橙子の視線が、鳥居の両脇に置かれている一対の狛犬の足元に留まる。入って来た時には見逃してしまったが、その狛犬は「足止めの狛犬」と名付けられ、二体とも前足が赤い紐でぐるぐる巻きにされていた。

狛犬の前に立てられている説明板を読めば、江戸時代に始まった風習のようで「家出人や悪所（あくしょ）通いの足が止まりますように」あるいは「子供が神隠しにあわないように」という願いからきているとあった。

しかしこれは……素直に考えれば、ただ単に狛犬の足を縛っているようにしか見えない。その理由は分からないが、ここでは狛犬自体を足止めしているわけだ。

そこには、きっと隠された理由があるのだろうけれど、今回はそこまで手を伸ばせない。頭の中にメモしておいて、微妙にうねりながら続く路地を歩いて行くと、いよいよ今日の目的地、庚申堂が見えてきた。

庚申堂は、想像していたよりも、ずっと小さな社だった。

間口は二間、奥行きもそれくらいだろう。軒下には「庚申さん」と大書された丸い赤い提灯が下がり、その左右には「青面金剛」「吉祥天女」「地蔵菩薩」などと書かれた、細長い提灯がズラリと並んで吊されている。

しかし。

お堂の正面には「庚申堂」と刻まれた、まるで石臼（いしうす）のような大きな香炉を、体を屈めた背中合わせの二匹の猿が、いかにも重そうに頭の上に掲げている像があった。

これは——。

〝変じゃない？〟

橙子は眉根を寄せる。

今までもいくつかの神社仏閣で、重そうな石や灯籠や廂を担がされている石像を見た。しかしそれらは全て、鬼や夜叉たちだった。つまり、祭神や仏に反抗したモノたちへの懲らしめとして担がされているわけだ。

しかしこの場合、猿は庚申様の使いのはず。それが、どうしてこんな虐待に近いほど冷遇されているのか。全く理屈に合わない。

橙子は、堂の横に立てられている縁起を読む。それによれば、このお堂は文武天皇の御代に疫病が流行した際に、元興寺の僧である護命僧正が祈禱していると、青面金剛が出現し「悪病を払おう」と言われた。すると実際に悪病が治まり、その感得を受けた「庚申の年」「庚申の月」「庚申の日」を記念して青面金剛を祀ったのが、この庚申堂の始まり——と書かれていた。年代に多少の齟齬があるが、それは良いとしても——。

猿は何も関係ない。

どういうこと？

橙子は頭を振りながら、お堂の正面に立つ。

こちらのお堂も、采女神社同様に門扉が閉じられ、何故か地蔵菩薩の縁日の日にだけ開かれるのだという。

そこで、全面格子戸の門扉から中を覗き込むと堂内は座敷になっていて、正面には青面金剛像が、その左右には、それぞれ吉祥天女像と地蔵菩薩像が祀られていた。

吉祥天女は容貌端麗な美人で、四天王の一人である毘沙門天の妃ともいわれ、人々に大きな功徳を与えてくれる天女だ。一方の地蔵菩薩は、地獄に落ちてしまった人間すらも救ってくれるという、実にありがたい菩薩。

そしてお堂の軒先には、例によって大量の「括り猿」がズラリと飾られている。また屋根に視線を移せば、甍の上には向かって右から、目・口・耳を自分の手で塞いでいる猿の像——「見ざる・言わざる・聞かざる」の「三猿」が載っていた。三郷の言っていた通りだ。やはり「三猿」も「庚申」で間違いないらしい。

更に屋根の左手前には母猿像が、右手前には子猿像が載っている。

庚申堂も、実に「猿」だらけだった。

但し「括り猿」だったり「見ざる・言わざる・聞かざる」だったり、大きな石の香炉を担がされていたりと、かなり激しく虐待されているけれど——。

橙子は正面に立って拝むと、お堂を後にして北へと進む。

すると、庚申の日に「北を向いて、無言のまま蒟蒻を食べる」と、無病息災で過ごせるという風習があるようで、お堂の隣の店では蒟蒻の味噌田楽を売っていた。

〝北を向いて……蒟蒻を？〟

どういう意味があるのだろう。

橙子は、首を傾げながら歩く。

次は、庚申に関しての資料が揃っているという「奈良町資料館」だ。

庚申堂から細い路地を少し北に上がった場所に、資料館はあった。

資料館と言っても外見は古民家のようで、ならまちに完全に溶け込んでおり、軒下には数多くの括り猿が吊されている。また近くの店では、庚申堂同様に「北向き蒟蒻」の田楽を売っていた。

入り口脇、木戸の前に掛かっている木製の看板——駒札には、

「旧元興寺本堂跡」

と書かれている。

宝徳三年（一四五一）の戦火によって焼失してしまうまでは元興寺の本堂がこの場所に建って

おり、戦後、焼け跡のこの地に人々が住みついたのだという。その際に設けられたのが、この木戸ということらしい。

門をくぐって中に入ってすぐ右手には、昔の元興寺で使用されていたという古い礎石が並べられていた。眺めるだけで、かなりの歴史を感じてしまう。

建物の中に入れば、たくさんの括り猿や記念の土産物が並んでおり、そのまま奥のブースに進むと、江戸時代の商家——菓子屋や薬屋や茶屋や煙草屋などの、古い看板が壁一面に飾られていた。

そして、部屋の正面奥には、

〝青面金剛像……〟

左右に木彫りの仁王像を従え、生花や供物に囲まれた奥まった仏壇の中央に、高さ二メートルに満たない程の全身緑色の像が煌(きら)びやかな衣装をまとって立ち、じろりとこちらを睨んでいた。昔は「緑」も「青」と呼んでいたから、まさに「青面」金剛。六臂(ろっぴ)の手は、それぞれ剣、弓、箭(や)、宝珠などを握り、左前方の手には兎のような生き物を捕まえており、両足は二匹の夜叉を踏みつけている。

橙子は初めて目にしたのだが、その雰囲気は不動明王を始めとする明王像に近く、想像していたよりも恐ろしく感じた。

また、このお堂のような空間の天井からも、大小さまざまな括り猿が吊り下がっている。そして、そのどれもが同じ形——赤い座布団の四隅を一ヵ所にまとめて結んだ形をしている。

それらを眺めていた時、橙子は閃く。

〝ひょっとして〟

「赤」そして「猿」といえば――。

〝それこそ猿田彦神じゃないのか……〟

三郷も「神道では猿田彦神を祀っていた」と言っていたではないか。

橙子は『日本書紀』の一節――瓊瓊杵尊の天孫降臨の場面を思い出す。「神代 下　第九段」で、猿田彦神の登場する場面だ。


「一の神有りて、天八達之衢に居り。其の鼻の長さ七咫、背の長さ七尺余り。当に七尋と言ふべし。且口尻明り耀れり。眼は八咫鏡の如くして、絶然赤酸醤に似れり」


一人の大きな体格の神が道の分かれ目にいて、その鼻の長さは一メートル以上、身長も二メートル以上、口の端も目も赤く照り輝いている――。

というのだ。

この場面をもとにして、さまざまな猿田彦神の絵が描かれ、やがてそれが天狗のモデルともなっていった。だから、天狗の顔がなぜ赤いのかという理由がここにある。

古代の日本で「明るい」ことを表す色は「赤」だった。だから我々は、現実的には「白く輝いている」太陽も「真っ赤な」太陽と呼ぶ。ちなみに「暗い」は、そのまま「黒」だ。ゆえに、猿田彦神がモデルの天狗の顔は『書紀』の記述の通り「光り輝いていた」ので「赤色」とされた。

ことほど左様に「赤」と「猿」は、猿田彦神を連想させる。

ここまで「申」「猿」「道祖神」ときて、なぜ思い当たらなかったんだろう。実際に何度も「猿田彦神」を目にして来たのに。

あわてて資料館の案内係の女性に尋ねてみたのだが——。

庚申と猿田彦神との関連性は、今まで聞いたことがないという。

「えっ」と思って再度尋ね直してみたけれど、やはり答えは同じだった。

庚申はあくまでも青面金剛。ここ、ならまちでは、そう言い伝えられてきている——と。

〝そうなのか……〟

肩を落としながら、橙子は資料館に備えられている昔の元興寺の地図や、青面金剛や不動明王の掛け軸や木像などを見学すると、店頭に並べられた土産物を買った。小さな括り猿のキーホルダーだ。今度会う機会があれば俊輔に。そしてお揃いで何となく三つ購入すると、それを手に、まだ「庚申」と「猿田彦神」との関わりを捨てきれないまま近鉄線の駅に向かった。


帰りの近鉄線の座席に座ると、橙子は暮れなずむ窓の外の風景を、ぼんやりと眺める。

これでは、前回の「采女」と同じ。

調べれば調べるほど、予想もしていなかったようなさまざまな疑問が、次から次へと浮かび上がってくる。

奈良、恐るべし。

橙子は、眠い頭で今までのことをまとめてみた——。

我々の体の中に棲みついていて、六十日に一度の庚申の日に天帝に悪業を告げ口しに行くという「三尸の虫」を体の外に出さないようにするため、その日は朝まで寝ないでいる。

それが「庚申待ち」であり、この風習は想像以上に古く平安の昔から貴族たちの間で広まっていて、江戸時代には殆どあらゆる土地で行われていた。そのため、中国の道教にそのルーツを持つにもかかわらず「庚申」の風習は、当時の人々にとって非常に身近なものとなり、道端の「庚申塔」や「道祖神」、更には「三猿」や「括り猿」となって、今でも残っている。

特に、中国で「三諦」とされた三猿は、わが国で「文化変容」して「悪いことは見ない、悪口は言わない、悪い話は聞かない」という戒めだと一般に言われるようになった。

しかし、ならまち庚申堂でも奈良町資料館でも、その「猿」を身動きできぬように縛り上げて、自分たちの厄を引き受けてくれる「身代わり猿」として吊していた。

これらの猿を括り上げる理由としては、欲望のまま行動しようとする自分の心を縛り上げることによって、自制心を取り戻して欲に走らぬようにという願いを込める、となっているらしいのだが、間違いなく本質は違うだろう。元興寺近くの御霊神社で見た狛犬と一緒だ。あの狛犬は、身動き取れぬように前足を——やはり何本もの「赤い紐」で縛り上げられていた。

同様に「三猿」も、おそらく最初は「余計なことを見るな、言うな、聞くな」という命令形だったのではないか。というのも、三猿の像を見れば分かる通り、悪いことも何も「見えない・言えない・聞けない」の三否定だからだ。

そしてならまち庚申堂で目にした、重い石の香炉を担がされ続けている猿たち。あの形は明らかに、一種の「刑罰」。

燈籠（とうろう）を担ぐ鬼として有名な「天燈鬼（てんとうき）・龍（りゅう）燈鬼」たちも、通常は邪鬼として四天王たちの足元に踏みつけられるという悲惨な環境下に置かれている――。

また手元の資料を見ると、東京・柴又の帝釈天題経寺で手に入る郷土玩具に「はじき猿」という縁起物があるという。

これは、長い竹の棒に猿の人形を抱きつかせ、Uの字を横に撓めたような竹のバネを用いて、猿を下から弾き飛ばし「厄を弾き去る」といわれ、多くの参詣者たちが買い求めているのだという。ごく素直に考えれば、自分たちの厄をつけた「猿」を弾いて、どこかにやってしまおうという風習だ。

猿は庚申様のお使いどころか、酷い待遇を受けている。

この辺りのことを飯田道夫に言わせれば、三猿――「猿」がこのような立場、つまり「青面金剛のつかわしめに堕する」のは、天台宗総本山・比叡山延暦寺の「三門跡」の一つで京都に鎮座する青蓮院の御猿堂に「青面金剛が加わった結果である」となる。

「青面金剛と三猿の合体が意図的に計られて、青蓮院の御猿堂に青面金剛が加えられた、というのが真相であろう」

「どちらにしても、三猿を祀るのはほぼすべて天台派の社寺であり、三猿は天台のものと言ってよい」

なのだそうだ。

そしていつの間にか、庚申様のお使いの座には「青面金剛」が座り、一方、正統な神使であったはずの「猿」は、不吉だと考えられるようになった。元々は、疫病を祓ってくれる猿が、疫病そのもの――疫病神に変容してしまい、我々の「身代わり」として、追い払われる立場になってしまったというわけだ。

だから江戸川柳にも、

初幟　仕立て下ろしの括り猿

という、生まれた男の子が疱瘡などの疫病に罹らぬようにという五月五日・端午の節句の際の祈願の句――身代わり猿の句がある。

また、庚申歌合などで花山天皇や、源　順が詠んだ歌に「葦舟」「柴舟」という言葉が見られることから、

「『庚申』と聞いて、直ぐに葦舟、柴舟が想起された事実をとりわけ重視したい」

「要するに、当時の人が『庚申』から連想したのは疫病だった」

という意見もある。

「舟」は、疫病送りや人形流しに用いられるアイテムだ。「庚申」＝「疫病」＝「不吉」というイメージが、すでに出来上がっていたのだろう。

だからこそ、庚申の夜に身籠もった子供は泥棒や悪童になると言われ、庚申やその神使である「猿」自体までが「厄」と思われるようになってしまった――。

〝ふう……〟

橙子は嘆息する。

三郷が言ったように、ただでさえわが国に入ってきた他国の文化は変容する。それに加えて、

時間と共にその変容した文化も更に変容を重ねて行く。

この「庚申」も、間違いなくその一例。

問題は、いつ、どのように、どんな理由で変容したのかということ。これは難しい……。

果たしてどこまで追えるのだろうか？

いや、それらの「本質」さえつかんでしまえば何の問題もないことは分かっている。それにまつわるあらゆる現象は「本質」から派生する、論理的に説明がつく出来事に過ぎない。母校で水野教授や小余綾俊輔にも、そう教わった。

だが、そうだとして——。

日本における庚申の「本質」は、一体どこにあるのだろう。

くらくらしてしまう頭を抱えながら、橙子は暮れて行く窓の外の景色を眺めた。

《十月十五日（水）辛酉（かのととり）・神吉》

「みんな違っていますよ」

「みんなという事はないでしょう」

「いいえ、みんなです」


『技師の親指』


俊輔はいつも通りに――定時より少し遅く――研究室のドアを開けた。

今日も水野教授は、後刻出勤らしい。研究室には波木祥子たちしかいなかった。

全員に軽く挨拶して自分の机に着くと、俊輔は例によって机の上――というのは正確ではない――机の上の手前の空間部分に置かれた手紙類を次々に放り投げていたが、一枚のメモ書きのような紙に視線が留まった。

学内の人間ならば誰もが手に入れることのできる、日枝山王大学と名前の入っているメモ用紙に、ゴシック体のような文字で、

「猿に関して調べるのは止めよ。危険」

と書かれていた。

昨日、俊輔が図書館やインターネットなどで「猿」を調べていたことに、早くも誰かが気づいたらしい。その結果の忠告だろう。

しかし。

これは善意の勧告なのか、それとも悪意ある警告か。いくら俊輔の調べ物の検索履歴など簡単に手に入れられるとはいえ、素早い。

第一、猿に関して調べられて都合の悪い人間などがいるのか？　まさか、それは自分たちの分野だと主張したい生物学科の人間ではあるまい。

また「危険」とあるが、猿の何が一体「危険」なのか。それについて調べることで、俊輔の身に何らかの危害が及ぶということなのか。もしそうであれば、この忠告をよこしたのは、やはりこちら方面の人間だろうが、送ってきた人間が俊輔の性格を良く知っていたとするなら、この忠告は、

〝もっと本格的に調べろという意味だな〟

俊輔は楽しそうに笑うと、メモを四つ折りにして胸ポケットにしまう。

〝さて〟

昨日の調べ物を、改めてもう一度確認する——。

図書館でいつもの司書に挨拶すると、俊輔は「猿」を求めて書架を渉猟した。いきなり専門外

の分野だ。誰かに見咎められてああだこうだと言われぬうちに、資料を抱えて急いで教職員用の席に着くとページをめくった。

今は取りあえず、猿が霊長類で哺乳類云々という、それこそ生物学的な部分は置いておき「猿」という言葉や名称に関して調べる。

するとまず、

「ずるく、模倣の小才ある者。特に、ののしりに使う」

と出てきた。また、

「猿目」は「密かに人の様子を見る目つき」であり、「猿知恵」は「浅はかな知恵」ともある。

更に『隠語大辞典』などでは、

「狡猾なものをいう」
「風呂屋女の異名」
「淫婦を云ふ」
「囚人のこと」
「犯罪密告者」
「巡査に密告する者」

散々な言われようだ。

どうして「猿」が「風呂屋女」や「淫婦」になったのかといえば、江戸時代の「湯女（ゆな）」は、客の垢を「搔き落とす」ことが仕事だったことからきている。猿も湯女も、人を「引っ搔く」ことから付けられた異名だ。

また、そんな湯女は客に求められれば、密かに体を売った。そこで、客に体を売る女――戯ける女――戯る女――すなわち「猿女」とも呼ばれたのだという。

猿女と言えば天鈿女命のことだが、彼女も天岩戸でストリップまがいのことを行っているし、それこそ猿田彦神が瓊瓊杵尊を天八衢で出迎えた時には、猿田彦神に対して、

「其の胸乳を露にし、裳帯を臍の下に抑し下れて、向ひ立ちて咲噱ふ」

と『書紀』や『古語拾遺』にもある。

また大和岩雄によれば、和泉式部が京都・貴船神社に祈願した際には、

「老巫女がさまざまな作法をして鼓を打ち、前をかき上げて女陰を出し、三遍まわった後、式部に私と同じようにしなさいといったので、式部は顔を赤らめて、

『千早振る　神の見る目も　恥かしや
　身を思ふとて　身をや捨つべき』

と詠じたという鎌倉時代の『沙石集』に載る話を、（本居宣長が）『古事記伝』で引用し、ウズメがサルタヒコの前でおこなった行為や、天の岩屋戸の前でおこなった踊りは、貴船神社の巫女の踊りに残っていたと書いている」

とあるため、科学ジャーナリストの藤井耕一郎（ふじいこういちろう）などは、

「アメノウズメが演じた『エロティックな作法』は、平安時代にも残っていたわけである」

と断じている。

和泉式部も顔を赤らめてしまうそんな淫らな姿態と「戯る女」のイメージが重なって、江戸時代の湯女は「猿女」と呼ばれたのだろう。

また「密告者」ということに関しては、やはり江戸時代、岡っ引きや目明かしは「犬のように嗅ぎまわる」と言われて、庶民から嫌がられた。しかし、この岡っ引き・目明かしを、上方（かみがた）や奈良地方では何故か「猿」と呼んでいたのだという。

〝犬を猿と……〟

「犬猿の仲」などという言葉があるように、犬と猿は相性が悪いと考えられていたはずなのに、いつの間にか「犬」と「猿」が混同されてしまっているのは変だ。おそらくこれは一考の価値がある問題に違いないが、その点に関してはまた改めて考えることにして、先に進む――。

次の『日本俗信辞典』などになると、もっと悲惨だ。

「朝、サルという事を聞くと、その日は商売が思うように行かぬ（京都）」

「鉱山師や山商売の人には、サルは忌物（和歌山県）」

「朝、サルに会えば悪いことがある（秋田県）」

「朝、サルが来ると縁起が悪い（愛知県）」

「山でサルの話をすると、不吉な事がある（熊本県）」

「朝、山仕事に出かける前にサルの話をすると、よく怪我をする。災いが起こる（栃木・岐阜・和歌山県）」

「山へ行く時、サルということばを言わない（鳥取・徳島県）」

「朝食の時サルの話をすると、その日必ず血を見る（千葉県）」

「サルの夢は凶（宮城・秋田・対馬）」

「サルの夢を見ると、人が死ぬ（福島県）」

「サルの夢を見ると、家族の誰かが死ぬ（秋田県）」

「サルの夢を見ると、三日後に必ず死人がある（福島県）」

「サルの夢を見ると、その日に怪我をする（和歌山県）」

「サルを捕らえると、三代祟る（広島県）」

「サルを殺したり食ったりすると、死ぬ（秋田県）」

「船上で、サルはヘビと共に嫌う（伊豆・相模・三河地方）」

「船中では、サルの話をしない（富山・山口・鹿児島県）」


猿に対する禁忌は日本全国あちらこちらで、いくらでも見ることができる。

これらは、現在では消滅したり忘れられてしまった禁忌かも知れないが、少なくとも昔はそう言われてきたわけだ。

婚礼・商家・猟師・漁師・人気商売・水商売・賭博打ちなどの間での禁句というのは理解できる。これらはみな、人や人気やお金が「去る」という意味で嫌ったのだろうから。

それにしても、余りに禁忌が多い。それほどまでに、当時の人々は猿を嫌っていたということもないだろう……。

俊輔は眉根を寄せながら顎の先を捻る。

ただ。

これらの禁忌を目にして強く感じたのは、猿は単に嫌がられていたわけではなさそうだということだ。

むしろ、敬遠——畏れて遠ざけられていたのではないか。船上での、海神（わだつみ）としての蛇や、山での狼や山犬のように、その場を支配する「神」と考えられていたのではないか。それと同じように、猿を「忌々（ゆゆ）しきモノ」、神聖なために畏怖すべきモノと考えて、できる限り近づくことを避けた。事実、これらの一方で、

「サルは魔除けになる（北九州地方）」

「子供の病気除けになる（京都・和歌山・岡山・埼玉県）」

「子宝・安産・子育て・婦人病にサルのお守り（青森・埼玉県）」

「病気（流行病）平癒（岡山県）」

などと見られる。

となれば、こちらは完全に「神」。しかも、疫病を祓う神だ。そう考えれば「猿」はそのまま、神を表す「申」になる。

このことに関連しているのかいないのか「猿」に関して、こんな言い伝えも残っている。

その意味は現在も不明とされているようだが、昔から「猿は馬を守る」と言われてきた。事実、かの国の書である『本草綱目』には「厩に獼猴を繋ぐと馬の病を避ける」とあるから、やはり中国でもそう考えられていたようだ。

なので日本でも、

「猿は馬の守りになる、馬の病気をふせぎ治すという思想が存在したことは、はっきりしている」

「猿を扱う者すなわち猿飼が牛馬の祈禱を職掌とすることになったと考えられる」

「猿を厩に飼うのは、猿は馬疫を避く、と信じられたから――と柳田（國男）はいい、そのような説があったことも事実」

「古代中国には、現に、猿は馬疫をいやすという思想があり（中略）いつのことか定かでないが、平安時代末には（わが国で）猿を厩で飼うことは普及していた」


と言われてきた。

しかし、江戸中期の谷川士清の記した『倭訓栞』には、

「猿と馬は相性がよくないといわれていた」

――ようだともある。この矛盾は一体どうしたことだろうか。相性が悪いと言われる猿が、馬の守り神となるというのだから、意味不明だ。

ところが、この厩猿に関しては、

「中国山地の牧牛を盛んに行なってきた地域と重なるようにサルマヤ（厩や牛小屋の柱に小さなミヤを作り、ニホンザルの頭骸骨をいれ牛馬の守護神としたもの）も分布している」

――のだそうだ。

生きた猿でなくとも、その頭蓋骨だけで「馬疫」を防ぐ効果があったというのだから驚く。

しかしこの風習から、馬を守護するのは猿本体そのものではなく「猿」という呪禁――呪いや呪術であったことが判明する。厩猿が「御札」のような物になっている。

おそらくこのあたりから、本来の中国から伝来してきた風習が変質しているものと考えられる。

そして。

そんな厩猿は、

「牛馬の守護神」

「気の荒い牛馬がおとなしくなった」

「親牛馬も子牛馬も病気にかからない」

「牛、馬、人間の万病薬」

更には、

「火災が起きない」

「安産祈願」

「豊作祈願」

というように「信仰」にエスカレートしながら、全国各地へと伝播して行く。

その結果として、現在の我々にも馴染み深い「猿まわし」が登場した。確かに『倭訓栞』にも、厩には馬のための「猿まわし」が必ず居ると書かれているし、

「猿が馬の守り神というのは、神使であることに由来する。昔から猿は馬疫を癒すという言い伝えがあって、インドに起源があり、中国経由でわが国に伝わった」

「日光東照宮の三猿が神厩舎（しんきゅうしゃ）にあるというのも、このようないわれがあってのことなのである」

「猿廻しというのは、猿を連れて馬屋のお祓いをして歩いたのが起こりで、大道芸となるのは後の世のことである」

「猿回しの形態の一つとして、馬が入る前の新しい厩で祈禱を行うというものがある」

などなど、厩の馬と猿の関係が書かれた資料は、散見できる。柳田國男などは「猿まわしの正体は厩の祈禱師である」とまで言い切っているようだ。

ちなみに、これらの猿芸に関する初出は『吾妻鏡』寛元三年（一二四五）四月二十一日の条とされている。足利義氏が、美作国――現在の岡山県から連れて来た猿を、鎌倉幕府五代将軍・藤原頼嗣の前で舞わせたという。

「猿を御所に献ず。かの猿舞蹈すること人倫のごとし」
「（清原）教隆云はく、これ直なる事にあらざるか」

とある。かなり衝撃的な出来事だったようだ。

しかし、これらの資料で非常に重要と思われるのは「猿まわしが厩の祓いをしたことも事実」であり、そうなると「これまで猿まわしは大道芸とみられてきたが、ひがごと――というより、真実の一面しか見ていない」ことになる。その証拠が、伊勢神宮で行われていたという正月の「猿舞」だ。実際に「元伊勢」と呼ばれて非常に重要視される別宮・瀧原宮の鎮座している土地は、以前には「猿飼村」と呼ばれていたという。

あるいは、日吉大社の天台密教系の降魔法があり、大社の神使である猿をつかった神事が、猿まわしの祖ともいう。

ゆえに「猿楽」は、中国の「散楽」から来ているという通説は、勘違いである――。

ここまでは良いだろう。

しかし肝心の、

「猿を馬の守りとする理由は、早くに不明になっている」

「どうして、猿に馬を守る力がそなわっていると考えるようになったのか、これに納得できる説明を与えることは、実は今日でも非常にむつかしい」


といわれている現状は、どうなのか。

おそらくそこには中国なりの、そして日本に渡ってきてからはわが国なりの理由が、必ず存在しているはずだ。これも、改めて確認しておかなければならない。

そして更に飯田道夫は、

「猿田彦神は猿まわしが祀った神だった。猿まわしをよりよく理解するためには、この神の神格を見定めておく必要がある」


とまで言っている。

ここに来て「猿田彦神」が登場してくる……。


〝馬――猿(犬)――猿田彦神か〟

俊輔は、机の前で腕を組む。

俊輔の予感通り猿は「調べるのは止めよ」どころか、非常に興味深い話へと発展し始めた。

ひょっとすると、俊輔の予想を超えてとんでもない新説に繋がっていくのではないか。もしも結論まで辿り着けたら、決して大袈裟ではなく、論文が一本書けそうな気もしてくる。

今まで、どうして「猿」に関して調べてこなかったのだろうと心から後悔しつつ、俊輔は机の上でパソコンを開いた。

*

南海電鉄「住吉大社駅」は大阪市南部に位置しており、JR大阪駅から約三十分。その名の通り、摂津国一の宮・住吉大社の目の前。高校時代に「史跡巡り研究会」の仲間たちと訪れて以来だから、ずいぶん久しぶりだったが、駅前の風景は、ほぼ記憶通り。大社に向かって歩けば、店舗は何軒も変わってしまっているものの誠也にとっては、どこか懐かしい雰囲気も昔のままだった。


住吉大社は、駅からわずか徒歩二、三分ほど。境内約三万坪ともいわれる、全国二千社余りの「住吉神社」の立派な総本社といわれている。

古来、数多の天皇が信奉された一方、地元の人々からは親しげに「すみよっさん」と呼ばれて愛されている。

祭神は、底筒男命、中筒男命、表筒男命の筒男三神の「住吉大神」と、気長足姫尊つまり、神功皇后の四柱。

皇后が、いわゆる「三韓征伐」に乗り出した際に、この住吉大神が大きく尽力したため、後に神功皇后摂政十一年（二一一）に創建されたのだという。

広い紀州街道を渡れば、大きな「住吉大社」と刻まれた社号標が目に入り、その向こうには立派な一の鳥居――西大鳥居（にしおおとりい）が屹立している。

鳥居をくぐり、

「遣唐使進発の地」

と刻まれた石碑と、大社のすぐ近くから船出する大きな四艘の遣唐船が描かれた絵を横目に眺める。ということは、現在すっかり市街地になって路面電車も走っているこの地には昔、すぐ近くまで海が入り込んでいたことになる。

鳥居の前で一揖（いちゆう）して境内に入れば、表参道の向こうに広がっている神池（しんいけ）に架かる、有名な反橋（そりはし）が目の前に姿を現した。

その手前には、大社の由緒書きが立っており、

「御祭神

第一本宮　底筒男命

第二本宮　中筒男命

第三本宮　表筒男命

第四本宮　息長足姫命（おきながたらしひめ）　神功皇后

御由緒

底筒男命、中筒男命、表筒男命の三神を総称して住吉大神と申し上げます。住吉大神の『吾（あ）

が和魂をば宜しく大津渟中倉長峡に居くべし。便ち因りて往来ふ船を看む』との御神託により、神功皇后がこの地に御鎮祭になりましたのが、皇后の摂政十一年辛卯の歳（西暦二一一年）と伝えられています。

――云々」

とあった。

誠也は軽く目を通すと、反橋のたもとに立つ。

現在の橋脚は、慶長年間――一六〇〇年頃に淀君が奉納した物だという。橋そのものは、高さ三・六メートルを誇る非常に大きく美しい半円の曲線を描いており、左右――南北の方角から眺めれば、神池に映る姿を共有して綺麗な円を描く。

それほどまでに大きな反りの橋で、別名を太鼓橋とも呼ばれ、かの川端康成もこの橋を題材とした「反橋」という珠玉の短編を書き、その中で、

「反橋は上るよりもおりる方がこわいものです」

と主人公に言わせている。

これは、その時の主人公に起こった別の事件の心境をオーバーラップさせているのだが、現実的にも、降りる時は欄干に手を添えていないと危うい。雨で濡れていたら、とても無事に降りられそうもない。

もともとこの橋は、住吉大神（を載せた御輿）しか渡ることを許されなかった神聖な橋だとい

うが、ただでさえ登り降りが危険なのに御輿を担いで渡るとは、こちらも驚いてしまう。

誠也も、足元覚束なげに渡り終えると手水舎に向かい、大きな兎の石像から流れ出る水で口と手を清める。手水舎の奥には、

「住吉大社と兎」

として、

「兎（卯）は当社の御鎮座（創建）が神功皇后摂政十一年（２１１）辛卯年の卯月の卯日である御縁により奉納されたものです」

とあった。また手元の資料にも、兎（卯）は大社の神使であると書かれていた。

だがおそらくこれは、いわゆる「伝説」だ。

こういう場合は、大抵が逆だと決まっている。

神功皇后は、わざわざ「卯年卯月卯日」に、この大社を創建したと考える方が自然だ。皇后にとって「卯」に何か意味があったのだろう。

誠也は、目の前にそびえる二の鳥居——住吉鳥居を一揖してくぐる。

この鳥居は、見た目がいかにも厳つい。というのも、一見ごく普通の神明造なのだが、左右二本の柱が、通常の円柱ではなく、太い四角柱なのだ。そのため、実にどっしりとしていて威厳がある。

その先に見える豪奢な幸寿門をくぐり、細かい玉砂利を踏んで行けば、本宮はもう目の前だ。

その本宮は、住吉造という切妻造、そして屋根のない側の「妻」から出入りする「妻入り」で、内部が内陣・外陣に分かれている珍しい建築様式だ。

しかし、それらはもちろんとして、これら本宮の配置がこの大社の一番の特徴なのである。

先ほどの由緒にあったように、住吉大社本宮は四殿ある。そのうち、筒男神を祀っている三殿が東西一直線に並び、一番手前の第三本宮の右脇に、神功皇后を祀る第四本宮が鎮座しているという、非常に珍しい配置になっている。但し、平安時代の頃は、第一本宮には表筒男命が、第三本宮には底筒男命が祀られていたらしい。そこが異なっているだけで、後は同じ。

この配置に関しては諸説あるようで、その中で最も有力視されているのが、これらの本宮を船に見立て、大海原を征(ゆ)く船団なのではないかという説だ。実際に四殿共に、大社西方の大阪湾を向いている……が。誠也は、これもどことなく納得がいかない。その説は、あくまでも——先ほどの、大社創建にまつわる「卯」のように——後付けの論理なのではないか。


本宮の屋根は、いずれも切妻造で檜皮葺(ひわだぶき)。屋根に載った鰹木(かつおぎ)は、普通見られるような円柱——あるいはエンタシスではなく四角で、両端には鬼瓦が飾られている。

もちろん屋上の千木(ちぎ)は、第一本宮から第三本宮までは男神を祀る形式に沿って、外削ぎの「男(お)千木」。そして、神功皇后を祀る第四本宮のみが、内削ぎの「女(め)千木」となっていた。

それらを間近に見上げながら、誠也は歩く。

この大社のもう一つの大きな特徴が、このシチュエーションだ。

通常の神社では、参拝者は拝殿からお参りするため、その後方に建つ本殿をなかなか目にすることができない。しかしここは実に開放的で、本殿のすぐ側(そば)まで近づくことができるという配置になっている。その上、本殿を取り囲む瑞垣も社殿近くに立てられているため、誰もが本殿を間近に目にすることができるのだ。

それらをじっくりと眺めつつ参拝しながら、誠也は最後の第一本宮前に立った。他の三間造の本宮とは違い、この第一本宮だけは正面が五間ある。その分、どっしりと最後部を護っているように感じた。

ここまでは「お参りさせていただき、ありがとうございました」とご挨拶して来たが、最後の第一本宮では、

〝今抱えている問題の考えが、うまくまとまりますように〟

思わず祈ってしまい、苦笑する。


本宮全てを参拝し終わると、誠也は境内を歩きながら改めてこれらの神々の神徳を思う。

先ほどの「御由緒」にもあったように住吉大神の神徳は、海の神だから「航海安全」「天下太平」。そして、三韓征伐に関与している上に、相撲神としても有名なので「武勇」「戦いの神」「厄払い」などなど多岐にわたっている。

ところが、これら一連の神徳にそぐわないものもあるのだ。それは「安産」と「和歌」。

わが国無双の武神であり、荒くれた海を乗り切る航海の神である住吉大神と、全くイメージが結びつかない。

いや。「安産」はまだ納得できる。

これは住吉大神というより、一緒に祀られている神功皇后からきていると考えられるからだ。

神功皇后は、仲哀天皇が崩御された後の三韓征伐の際、すでに後の応神天皇を身籠もっていた。

しかし、戦が終わるまではと、お腹を石で冷やして産み月を遅らせたという伝説が残っている。自らわざと「安産」ではなくしたのだから「自分ができなかったことや、辛かったことが我々の身に降りかからないようにしてくれる」という「神徳」の大原則からすれば、この「安産」の神徳は納得がいく。

しかし——住吉大神が「和歌の神」として奉斎されてきたという点は、全く理解できない。

その理由としては、住吉大神が白髪の老人姿で現れ、和歌で託宣をしたからともいうのだが、では実際にその歌が残っているのかと言えば聞いたことがないし、詠まれた歌自体も、殆ど世に残っていない。

普通「和歌の神」と呼ばれるほどの歌人であれば、柿本人麻呂でも、在原業平でも、小野小町でも、藤原定家でも、膨大な数の歌が現代まで残されている。

しかし、住吉大神に関して言うと、この神の歌は——『万葉集』で一、二首、目にした気もするが——正確には一首も知らない。

誰でも、他の「和歌の神」たちの詠んだ歌ならば、すぐに数首思い浮かぶが、肝心の住吉大神の歌は、頭に浮かんでこないのではないか。

また別の理由としては、大社の周囲は昔、白い砂浜と青々と連なる松林から「白砂青松」と呼ばれたほど素晴らしい景観で、『万葉集』や『古今和歌集』や『源氏物語』などに、しばしば歌枕として登場していることが、住吉大神を「和歌の神」と呼ばしめたのだという。

だが、本当にそれだけの理由で、住吉大神が「和歌の神」と呼ばれるようになったのだろうか。

いや、むしろ逆なのではないかと思う。住吉大神が「和歌の神」であったために、社前の「白砂青松」が歌枕として尊重されたのだろう。

そして何よりも、その「神」の歌が、きちんと残されていないというのは……。

誠也は首を傾げながら、続いて境内の摂社・末社に向かった。


第一本宮左手方向に建っている住吉御文庫と文華館の間の細い道を抜けると、明治時代に廃寺となってしまった神宮寺が鎮座していた広い跡地に出る。その先に見えるのが、住吉大社の第一摂社・大海神社だ。

この社は本宮と同じく西を向いた住吉造で、祭神は「海幸山幸神話」に登場する豊玉彦命と、その娘の豊玉姫命。この豊玉姫命は、山幸彦の妻神であり、神武天皇の祖母に当たる。

「海幸山幸神話」は、浦島太郎物語の原型とも言われ、兄の海幸彦から借りた釣り針をなくしたため無理難題を吹っかけられ、仕方なくそれを探すため海に入った山幸彦は、竜宮で海神や豊玉姫命と出会い、彼らから兄の釣り針と同時に海潮の満干を支配する力を持った「潮満珠」を授かり、それを以て兄を屈服させた——という話だ。

そこに登場する「潮満珠」を沈めた場所が、大海神社境内にある「玉の井」だとされている。見れば井戸は封鎖されていたが、そこから流れ出る水は、石の樋を通って神社の手水舎へ注がれていた。

しかし「海幸山幸神話」の発祥は、九州ではなかったか。

すぐ側には、海神三神を祀る「志賀神社」が鎮座しているが、この社は海神たちの総本社・福岡県の志賀海神社を勧請したのだという。

まあ、今はその話はともかく……まさにこの辺りは「海神」たちで溢れかえっていることは確かだった。

それらの社の参拝を終えると、誠也は第一本宮裏をぐるりと回るように右手に進み、ちょうど真裏に鎮座している「楠珺社」へと向かった。

この社は、樹齢一千年を超えるという立派な楠の側に建てられ、稲荷神や宇迦之御魂大神を祀っており、人々からは商売繁盛の神として親しまれているようだった。拝殿に入ると、羽織り袴姿の、さまざまな大きさをした招き猫の置物が売られていた。

参拝者は、これらの招き猫を毎月小さい順に買い求めていき、商売繁盛を祈願する。都合、四年——つまり、四十八回参拝して買い換えて行けば、満願成就ということらしい。大変なことだが、満願成就御礼なども書かれているから、今までに数え切れないほどの参拝者が願いを叶えたことだろう。

誠也はその情熱と信仰心に感心しながら、拝殿を出て左手に進むと、今度は若宮八幡宮が鎮座していた。

この社は「八幡宮」であるから、もちろん応神天皇を祀っている。と同時に、武内宿禰も祀られていた。この相殿には何となく違和感があるが、武内宿禰は、応神天皇の母である神功皇后の右腕と目されていた人物であるから、決して不思議とは言えないのか……。

誠也は、玉砂利を踏んで歩く。

この先の東大鳥居をくぐって境外に出れば「住吉さんの弁天さん」と呼ばれる市杵嶋比売命を祀る「浅沢社」や、五穀豊穣の神である大歳神を祀る「大歳社」が鎮座しているようなのだが、今回はそれらを遥拝するに止めて、境内入り口方面へと向かった。

ここまでで、全てではないが一通りの参拝を終えた。

やはりこの大社は歴史的観点から見て、とても興味深くはあったけれど、残念ながら誠也が現在抱えている問題のヒントになりそうな発見はなかった。

まあ、当たり前と言えば当たり前。そんなにうまく「神頼み」の結果は出ない。それは織り込み済み。

ということは。

〝やはりここは、いっそのこと……〟

誠也は、当初から心の奥底に閉じ込めていた一つの考えを、頭に思い浮かべた。

〝民俗学研究室の、小余綾俊輔に尋ねるべきではないのか〟

しかし、熊谷教授と俊輔は、実に仲が悪い。歴史学と民俗学は大抵仲が良くないのだが、それ以上に険悪な関係にある。

だがこれは、第三者的に考えても、俊輔の方にやや非があるように思う。というのも、俊輔は個人のテリトリーを全く無視して活動しているからだ。これは、大学としても秩序を乱すという観点から、看過できないところだろうと思う。

しかしその一方で、その自由なスタンスこそが、本来の学問ではないかという気がしている。それこそ、レオナルド・ダ・ヴィンチを始めとする芸術家たちにしても、わが国で言えば平賀源内にしても、南方熊楠にしても、たった一つの狭い分野だけを追究していたわけではない。むしろ、自分の枠に囚われることなく、自由に研究していたはずだ。

そのおかげで、先月も知人の加藤橙子と共に俊輔独自の説を聞き、目から鱗が落ちたように感じた。どうして今までこんな当たり前のことに気づかなかったんだろうと、自己嫌悪に陥るほどだった。

だから今回もぜひ「男系・女系天皇」問題に関する俊輔の意見を聞いてみたい。それを参考にさせてもらう、という意味で。

当然、俊輔の耳にも現在の歴史学科の状況に関する話は届いているに違いないが、俊輔のことだから、そんな学内の諍いには微塵も興味がないとは思う。しかし、現在これだけ世間が騒いでいるのだから、この皇位継承問題に関して、きっと何か独自の説を持っているに違いない。

〝やはり、ここは……〟

今回見学した住吉大社の話を土産にして明日、俊輔に連絡を入れる。

そう決心した誠也の目に、授与所に並んだ絵馬やお守りなどの授与品が映った。折角だし、話のきっかけにもなるだろうから、何か買い求めて行こう。お守りなどはきっと不要だろうから、何か珍しいものでもないだろうか……。

そう思って近づき、授与品が並べられた棚を見渡すと、余り目にしたことのない品物が目に留まった。さまざまな動物を模（かたど）った、小さな土人形だ。

どうやらこの大社の名物の品らしい。そういえば、先ほどの楠珺社には、無数の招福猫——招き猫の土人形が飾られていた。土人形は、この辺りの名産品だったらしい。

これにしようと決めて、どれが良いかと目を走らせると、可愛らしい猿の土人形と目が合った……ような気がした。

それは、黒い烏帽子を被って、赤いチャンチャンコのような着物を身に纏い、金色の御幣を手にして座っている小さな猿の土人形だった。「厄除ざる」と呼ばれているらしい。おそらくそれは「厄が去る」にかけたものなのだろう。

誠也は微笑みながら手を伸ばし、その土人形を購入すると、再び反橋へと向かって歩いた。

*

橙子は仕事を終えて会社を出ると、足早に図書館へと向かった。

こんな時間なので、母校・日枝山王大学の図書館ではない。夜遅くまで開館している、地元の図書館だ。

昨日は結局、帰りの新幹線では疲れ切って寝てしまい、それ以上の進展がないまま今日になってしまった。朝一番で出社して、諸々の雑用を片づけ終わった頃に出社してきた編集長に昨日の三郷との打ち合わせの結果を報告し、その他の仕事を手際よく終わらせると定時ぴったりに退社した。途中で簡単な夕食を摂ると、急ぎ足で図書館に入って席を確保する。庚申に関しての資料を集め、

さて——と一息ついて最初の資料のページに目を落とす。

そこには、

「本来の庚申参りの際には」とあった。

「精進潔斎し、垢離を行い、衣装を新たにし、南の方に棚をこしらえ、申の刻（午後四時）より

奏上を始める――。

その祭式は、灯明を点し香を焚き花を飾り、珍しい菓子などのお供えをし、夜半には供物と酒を供える。同夜はがやがやと雑談せず、腹を立てず、欲張ったことをいわず、色事を考えず、四足、二足、五辛のたぐいを口にしない」

かなり面倒な習わしがあったらしい。

この『五辛』というのは、仏教徒は禁じられている食べ物で、韮・葱・蒜・辣韮・薑など、臭いの強い食物。

それらを断った上で、

「彭侯子、彭常子、命児子、悉入窈冥」

と、正面に向かって三度唱えるのだという。

語句の意味も良く分からない、益々ややこしい風習だ。

そんな手間の掛かる「庚申参り」を日本で最初に執り行ったのは、大阪・四天王寺だという。

〝聖徳太子建立の四天王寺が？〟

不思議に思って由来を確かめると、この寺に日本で初めて庚申尊が出現したから、とあった。

大宝元年（七〇一）正月庚申の日、豪範という僧都が、人々のため一心に祈ったところ庚申尊が顕現し、人々を疫病などの塗炭の苦しみから救い出してくれたのだという。

そこで四天王寺では庚申堂を建立し、やはり縁のある「見ざる・言わざる・聞かざる」の「三猿堂」と共に、四天王寺から少し離れた境外に祀っている。

三猿は良いけれど……。

　またしても橙子は、引っかかる。

〝境外？〟

　そんなに有難い神様なら、どうして境内に祀らないのだろう。

　しかも、日本初と言い広めているというのに？

　小首を傾げながらも、違う資料のページをめくる――。

　江戸時代には『日本三庚申』といわれた庚申堂があったという。

　その一つが、今の大阪の四天王寺庚申堂。

　もう一つは、現存していないが、東京・入谷(いりや)庚申堂。

　三つめは、京都の八坂(やさか)庚申堂で、こちらは天台宗の寺院。

　八坂庚申堂の括り猿は、ならまち庚申堂に吊り下がっている物と同じような形状なのだが、色が赤・青・緑・黄・ピンクなどカラフルで、若い観光客たちにも大人気らしい。

　そして四天王寺や八坂庚申堂にも、ならまち庚申堂で見たのと同じ風習が残されている。それは、庚申の日には北を向いて、黙って蒟蒻を食べて無病息災を祈る「北向き蒟蒻」――。

　どうやらこの風習は、ならまちだけが特異なのではなく「庚申」に関与している場所では当たり前のことらしい。

　それにつけ加えて、

「庚申の日には、大根を食べる」

「庚申の日には、昆布を焼いてはいけない」

「庚申の日に昆布を焼くと、庚申様が泣く」

などという言い伝えまで残っているという。

〝昆布？〟

橙子は二度見する。

しかし、普通の昆布のことらしい。確かに昆布は、出汁を取る以外にも「焼き昆布」という、軽いおつまみのようにして食べる味わい方もあることは知っているけれど……。

〝どういうこと？　昆布を焼くと、どうして庚申様が泣くの〟

理由は、どの資料にも書かれていなかった。

全くの謎だ。

ただ――。

「北向き蒟蒻」の謎だけは、少し分かった気がする。

北を向く――つまり「北面」するのは、昔から武士と決まっている。というのも「天子南面す」という言葉があるからだ。天子や皇帝――日本で言えば天皇は、北極星を背にして南を向いて坐す。ゆえに、天皇に相対する武士たちは、当然、北を向いて座ることになる。それがいわゆる「北面の武士」だ。そしてこの場合、武士たちは、天皇の御前で何かを食するのだから、余計なおしゃべりなど無用の「黙食」となる。

だがそうなると――。

「庚申様」が天皇になってしまう。

そんなこともないだろうから、これは一種の喩えだと考えれば良いのだろう。庚申様は、皇帝や天皇に比するほど偉い神様ということだ。

ここまでは、橙子も理解できる。

しかし、

〝蒟蒻……〟

意味が解らない。

それを言ったら「大根」も意味が解るようで解らない。確かに大根は健康に良いから「厄払い」にはなるだろう。でも、どうして庚申の日に？

更に「昆布」に至っては、完全に意味不明だ。庚申様が泣くという、その理由は何？

これらはもちろん「庚申」が日本に渡ってきてからの風習に違いない。しかし、新たな風習として定着するほど変容したとするならば、必ずそれなりの理由があるはずだけど……。

今は想像がつかない。

そして、もう一つの謎。

〝猿田彦神だ〟

昨日、三郷もチラリと言っていたように、庚申――あくまでも、日本における庚申――と猿田彦神は、間違いなく関係しているだろう。実際に、ならまち周辺は「猿田彦神」だらけだった。

ただ、その「神」が、庚申にどこでどう関与しているのか。

まさか、今の風習に関わっているとは思えないし――。

猿田彦神に関しては、更にここでもう一つ謎がある。

そんなに偉い「庚申様」と、どこでどう繋がるのか？『記紀』などの書物を読む限りにおいて、猿田彦神は「庚申様」のように、皇帝や天皇同様の尊い神として扱われてはいない。

資料に目を落とせば、

「（猿田彦神は）庚申様そのものではないが、庚申のあらゆる場面に登場してくる、とても深く関与している神」

　とあるし、民俗学者の小花波平六などは、

「室町中期以降、仏教化して青面金剛が庚申信仰の本尊とされるようになる。さらに江戸時代になると、神道家の山崎闇斎（垂加神道）や橘三喜（通俗神道）などが、庚申の申と猿田彦の猿の共通性にヒントを得て、わが国の庚申ではすべからく祭神として猿田彦大神をまつれ、それこそわが国本来の庚申信仰である、と説いた」

　とまで言っている。

　だがこれは、山崎闇斎たちの言うように、庚申の「申」と「猿」から「猿田彦神」を連想して祀った――などという単純な理由だけではないだろう。きっと何か、他にも理由があるはず。そうでなければ、わざわざ猿田彦神の名前が出て来るはずもない。庚申を祀るためには、青面金剛と猿だけで充分なのだから。

　猿田彦神は瓊瓊杵尊の「先払い」の役を担っているし、同時に「八衢神」や「道祖神」として外界から入ってくる悪神を防ぐ役割を担っているのだから、ここでもその「先払いの猿」という役割を担わされたということなのだろうか？

　一般の人々も、庚申様の神使で疫病・疱瘡などを祓い治してくれる猿、つまり「疱瘡神」が、この場合は猿田彦神だと考えていたという程度だったのかも知れない。それがいつしか――理由は分からないが――猿田彦神自身が疫病を持ってくる神と考えられるようになり「括り猿」や

「身代わり猿」として扱われるようになってしまったのか。

しかし、猿田彦神に関しては、天孫降臨の際に先導した地主神であり、その後に朝廷の女性であった天宇受売命(あめのうずめ)と結婚して伊勢に移って亡くなったという以外、特別な行動は見当たらない。特に、素戔嗚尊(すさのお)のように自分の欲望のまま行動したという記述はない。神代にそんな恐れ多い行動を取った神は彼くらいで、猿田彦神はあくまでも朝廷に協力的な神として描かれている。

だから「道開きの神」である——親切そうでおとなしそうな猿田彦神に厄を移して、自分たちの身代わりに縛り上げておこうというのか。まさか、そんな単純な発想ではないだろう。

きっとまだ、何か見落としていることがあるはず。

やはりここは、猿田彦神そのものを調べなくてはいけない。

橙子はいつもの癖で、トントンと額を叩く。

〝でも……〟

今、改めて考えてみれば、猿田彦神自体が不思議な存在だ。

降臨した天孫を先導して、天宇受売命と結婚して、何故か伊勢に引っ込んでしまい、そして海に溺れて死んだ。しかも『記紀』では殆ど重きを置かれていないのに、一般の人々からは「導きの神」「道祖神」として崇められている——。

実は、知っているようで全く知らない神なのではないか。もう一度、基本に立ち返ってみよう。行き詰まったら基本に戻る。これも俊輔から教わった言葉。

何となく……少しずつ俊輔の分野に近づいてきていることを胸の奥で感じながら橙子は立ち上がると、今度は猿田彦神に関しての資料を集めに書架へと向かった。

しかし――。

書架に並ぶ膨大な書籍群を眺めながら、橙子は思う。

どうしてこんなに「庚申」に引っかかっているのだろう。

三郷を訪ねた時には、全く想像すらしていなかった。ただその当日が「庚申」ということで、彼女に勧められて「ならまち」に行き、庚申堂や資料館に足を運んだだけ。

すると、そこからさまざまな疑問点が湧き出して、こんなに一所懸命になって調べている。確かに「庚申」の謎は魅力的。でも、ここまで真剣にのめり込んでいるのは何故？

いや――心の奥底では分かっている。

先月の「采女」と全く一緒。

この謎の解決には、最終的に小余綾俊輔の力が必要。

ただ、果たしてこれらの謎が俊輔の興味を惹くかどうかは分からない。でも――あくまでも直感だけれど――この「庚申」には、かなり大きな秘密が隠されているような気がする。そして最終的には、きっと俊輔の手助けが必要となる。そうであれば、俊輔に相談を持ち掛ける前に、もっと詳しく「庚申」に関する知識を入れておかなくては――。


さて。

資料本を抱えて席に戻ると、橙子は一つ深呼吸する。

改めて、猿田彦神が歴史に登場した場面から。

猿田彦神の名前は『古事記』では「猿田毘古神（さるたびこ）」、『日本書紀』や平安時代の神道史料の『古語拾遺』では「猨田彦大神」となっている。「猨」の文字は漢・魏の頃までは多く使われ、唐・宋以降は多く「猿」を用いたということらしいのだが、ここでは混乱を避けるために「猿田彦神」で統一しよう、とメモを取りながら決めた。同様に、猿田彦神の后神（きさきがみ）である「天鈿女命」も、こちらの表記で統一しておく。

その猿田彦神に関して『古事記』では、

「天（あめ）の八衢に居て、上（かみ）は高天原を光（てら）し、下（しも）は葦原中国（あしはらのなかつくに）を光す神ここにあり」

昨日も思い出したこの登場シーンは『書紀』や『古語拾遺』でも、ほぼ同じ。「赤く」照り輝いている神が、瓊瓊杵尊たちの前方で待ち構えていた。その威光と異様な風体に驚いた彼らは、同行していた天鈿女命に、

「汝は『手弱女（たおやめ）』――か弱い女であるが、向き合った神に対して『面勝（おもか）つ』――気後れせず圧倒できる神である。だから、汝一人で行ってその神に向かって『天つ神の御子の天降りする道に、そのように出ているのはだれか』と尋ねよ」

と命じた。そこで天鈿女命は、自分の胸を露わにむき出して、腰紐を臍の下まで押し下げ、嘲笑って猿田彦神と向かい立ち、天照大神（あまてらすおおみかみ）の皇孫である瓊瓊杵尊がこれから進もうとしている道に立ち、何をしているのかと問い質した。

ちなみに、この天鈿女命の所作は、天岩戸開きで見せたのと同様の「性的所作」といわれている。天岩戸の際には、この所作によって大勢の神々の笑いを誘い、岩戸にお隠れになっていた天

照大神を呼び出したのだが、この時も猿田彦神の関心を見事に惹いた。

　そこで猿田彦神は、

「僕(あ)は国つ神、名は猿田毘古神なり」

　と名乗って言う。

「私がここに出ているわけは、天孫が降臨されると聞いたので（道を拓き）先導しようと思い、ここでお待ちしていました」

　この言葉から、猿田彦神が「道開きの神」「衢(ちまた)の神」と呼ばれるようになった。そして、その返答を聞いた天鈿女命が、天孫をどこに連れて行こうとするのかと尋ねると、

「筑紫(つくし)の日向(ひむか)の高千穂(たかちほ)の槵触峯(くじふるのたけ)」に、そして自分は「伊勢の狭長田(さなだ)の五十鈴(いすず)の川上」へ行くのだと答えた。

　改めて読むと、いきなり「筑紫」と「伊勢」とは、余りにも唐突だが『記紀』共に、こういった記述になっている。

　やがて瓊瓊杵尊が、猿田彦神の手引きで無事に天孫降臨を果たした後、

「即(すなわ)ち天鈿女命、猨田彦神の所乞(こわし)の随(まにま)に、遂(つい)に侍送(あいおく)る」

　――猿田彦神は当初の希望通り、天鈿女命に送られて伊勢に行く。

　ところがこの後で、事故が発生する。

「かれその猨田毘古神、阿耶訶に坐す時漁して、比良夫貝にその手を咋ひ合さえて、海塩に沈み溺れましき」

猿田彦神は「比良夫貝」という貝に手を挟まれて海に引き込まれ、溺死してしまうのだ。

この「比良夫貝」は正体不明の貝で、従来、シャコ貝であろうと解釈されてきた。夫婦岩で有名な、猿田彦神を祀っている伊勢の二見興玉神社には、実際にそれらしきシャコ貝が飾られている。しかし、天を衝くような大男の猿田彦神を溺死させるほどだったのだから、それは通常のシャコ貝とは違って殻長一メートルを超えるオオシャコ貝ではなかったか、という説が有力視されているようだ。

そして。

夫である猿田彦神を亡くした後、天鈿女命は瓊瓊杵尊から、亡き猿田彦神にちなんで「猿女君」という名を賜う。

ここまでは、納得できるのだが——。

突然、天鈿女命が豹変するのだ。彼女はすぐに、大小のあらゆる魚類を呼び集めて、

「おまえたちは、天つ神の御子の御膳としてお仕え申し上げるか」

と問い質す。その時、多くの魚がみな「お仕え申しましょう」と返答した中で、海鼠だけは答えなかった。

すると、天鈿女命は海鼠に向かって、

「この口や答へぬ口」

と言い放ち、紐のついた小刀(かたな)でその口を裂いてしまった。

「だから今でも海鼠の口は裂けている」のだという。

その功績を朝廷に認められて、それ以降、志摩(しま)国から初物(はつもの)の魚介類を献上する際には、まず猿女君たちに分かち下されるようになったという……。

この辺りの経緯も良く分からない。

猿田彦神が命を落として以降、天鈿女命の態度が変わっている。特に「猿女君」となってから、突如として尊大になっている。自分の夫が亡くなってしまい、これから生きていくために朝廷に媚びざるを得なかったということなのだろうか。

その辺りの機微も謎。

そこで天鈿女命は一旦そこまでにして、違う本を開いた。肝心の猿田彦神に関する資料だ。

今までの一連のエピソードだけが有名で、猿田彦神自身に関することは良く分かっていない。

それこそ、飯田道夫によれば、

「なんといっても最大の謎は、この素姓もしれない神が多くの異称のもとに信仰されていることで、民間信仰においてだけならいざ知らず、伊勢神宮をはじめとする大社でも敬い祀られており、単に『道開きの神』とみていたのでは、とうてい理解できない」

ということなのだが、橙子もまさにその通りだと感じる。

その「異称」に関しては、室町時代の神道家・卜部兼邦が、

「（伊勢）神宮にては興玉神、（日吉）山王にては早尾、熱田（神宮）にては源太夫、道祖神とも言ひ、衢の神ともいへり。幸神ともいへり。船にて船玉ともいへり。又、幸魂ともいへり。蹴鞠の坪においては鞠の明神とあらはる」

あるいは、

「手なづち足なづち」
「白鬚の明神」

などと言っている。

手摩乳・脚摩乳が猿田彦神という意見は初めて聞いたが、最後の「白鬚の明神」は猿田彦神の外見から来ているのだろう。それが転じて「白太夫」となり、更には「百太夫」とまで変遷して、平安後期の学者・大江匡房の著した『遊女記』には、

「（遊女が信仰していた神の）百大夫ハ、道祖神ノ一名ナリ」

と書かれているという。「百太夫」は、やはり「白太夫」である猿田彦神の別名らしい。

このように、猿田彦神は種々雑多な名称で呼ばれた。それほどまで一般庶民の身近に存在していた神だったわけだ。

その例の一つが、全国各地に見られる庚申塔だ。さまざまな地域で、大勢の人たちが猿田彦神を——庚申塔として祀っていた。

その庚申塔の初見は、埼玉県川口市、日蓮宗の寺院・実相寺で発見された文明三年（一四七一）の板碑断片だという。その後、全国各地で見つかっているが、なぜか北九州の国東半島に多

いらしい。

また、その他の地域では——。

〝長野県、安曇野（あずみの）！〟

そうだ。

橙子は思い出した。

無数の庚申塔を目にしたのは、安曇野に旅行した時だった。なぜ、安曇野に庚申塔がたくさんあったのだろうか、その理由は分からないが、とても驚いた記憶が残っている。

しかし、現在「庚申塔」の意味・意義が良く分からなくなってしまっている。その理由は、明治維新の際の「廃仏毀釈」の令だとあった。当時、新宗教政策として神仏の分離を明治政府が決めたと同時に、

「これまで仏教側にとかく押さえられがちだった神道側は、好機到来とばかり、神社内にあった仏教関係のものをいっさいがっさい抛り出し、破棄してしまった」

のだそうだ。

無茶苦茶だ。

これでは日本の伝統文化——いや、日本の歴史の破壊にも等しい。

橙子は頭を振りながら、次の資料のページをめくる。

するとそこには「庚申塔」に祀られている神の、具体的な名前が羅列されていた。一般によく見られる祭神としては、

青面金剛。
帝釈天。
塞神、あるいは、幸神。
岐――ふなどの神。
八衢神。
興玉神。
大田命。
椿――都波岐大神。
そしてやはり、
猿田彦神。

しかも「青面金剛」と「帝釈天」を除くと、実質全てが猿田彦神のことであると書かれ、また卜部兼邦のように、

「道祖神、寿命神、金神、塩竈神、幸神、縁結神、船玉神などの七神は、猿田彦大神と同体の神である」

という見解もあった。

それどころか、

「最初に庚申塔を調査した（民俗学者の）山中共古翁は〝三猿塔〟と命名したほどである」

「庚申は道の神であるというのは、祭神に猿田彦が入っているからで、猿田彦は道祖神の別名で

ある」

とまである。

しかしここで、庚申塔に猿田彦神が加わったのは室町時代以降だったのではないかという意見もある。その頃に、猿田彦神である「道祖神」と「庚申塔」が同一視され、習合したのだという。

だが現在、祀られている神だけを考えてみると、

「民間信仰の神として分類された神の大半は、猿田彦の項に入ってしまう」


ということになりそうだ。

そうであれば、ここで「庚申＝三猿＝猿田彦神」と見ても構わないだろう。そして庚申に関する殆ど全てが猿田彦神に収束し、彼が大きなキーポイントであることは間違いない。

だがその一方――。

「猿田彦神」という名称自体が、おかしいのではないかという意見もあった。というより、むしろ最近はこちらの論の方が主流になりつつあるらしい。

江戸時代の国学者で、本居宣長の弟子を自任していた平田篤胤（ひらたあつたね）は、『記紀』のサルタヒコは『出雲国風土記』の佐太大神（さだ）と同じ神で、猿とは無関係であるとしている。

また、神道研究者の戸矢学（とやまなぶ）も、

「サルタヒコという名に『猿』の字を当てているのは意味不明である。そもそもサルタヒコに動物の『猿』は無関係である」

と言っているが、その理由として戸矢は「猿」は卑字であるとした上で、

「古代シナにおいて朝貢者には『卑字』を下賜するという慣習を踏襲したものと考えられる。なにしろ『猿の田圃』である『猿田』である。敬意がまったく感じられない」

と主張する。「邪馬台国」や「卑弥呼」という呼称のようなものだろう。これは巷間良く言われるが、両方とも、確かに敬意のない表記だ。

〝でもこうなると、次は「猿」や「申」という文字そのものに関しても調べなくてはならなくなってしまう……〟

橙子は眉根を寄せて当惑する。

なので、そちらはまた日を改めることにして、今日のところは「猿田彦神」という呼び名についてだけ調べることにした。

まず——。

猿田彦神という名称が後付けだったとしたら、彼の本来の名前は何だったのだろう？

猿田彦神が「伊勢の狭長田」に向かったことから、その地名から「狭長田彦」——「サナダヒコ」だったのではないか、あるいは「佐那県や、佐多岬に関係がある」のではないかという説もある。今の平田篤胤も、「伊勢の狭長田」に住んだという記述から、猿田は地名に見られる「サナダ」や「サダ」と同じ語である、と主張した。

一方、柳田國男は、

「サダ・サタには岬の意味があり、サルタヒコは岐の神・サエの神と同じく岬などの境界を守る神である」

とし、道祖神と習合した経緯を探った。

更に沖縄の民俗学者・伊波普猷（いはふゆう）は、「サダ」という言葉は、沖縄宮古島（みやこじま）・狩俣（かりまた）の祖神祭（うやがん）における先導の神「サダル神」と同一で「先立ち・先導・導き」の意味を持っており、

「サルダとは琉球の古語で道案内を意味するサダルが転訛した言葉」

であると言う。同時にそれは、猿田彦神が道祖神と見られてきた歴史を裏づけると主張した。

更に、日本各地に残る「サダ岬」が示すように、それは「先端・先・岬」の意味も含んでいるのだという。これはアイヌ語でも同様で「サダ」は「岬・崎」を表しているそうだ。この説などは、かなり信憑性が高いのではないかと思えるが、実にさまざまな意見があるものだ。

橙子は一度資料を閉じると、大きく溜息を吐いた。

結局——。

ここまで様々な資料に目を通してきて辿り着いたのは、

「その名称どころか、猿田彦神自体も、不詳」


という説が最も信憑性の高い結論らしい——ということだった。

名前は、非常に多くの人々が耳にしているけれど、ただ知っているつもりになっていただけで、実はその実体どころか名前の意味すらも判明していない、謎の神。

〝なんということ……〟

橙子は頭を抱えたが——しかしまだ諦めない。

ここからが、知識欲が人一倍多く、好奇心旺盛で、困難にぶち当たっても決して挫けずに進む「双子座」の女性の本領発揮だ。

それに今回は「道開きの神」ともいわれる猿田彦神に関して調べているのだ。進む方向さえ間違っていなければ、必ず道は開けるはず。『史記』ではないが「断じて行えば鬼神もこれを避く」だ。それこそ「鬼神」——猿田彦神に祈って、先に進もう。

そう思った時、ふと閃いた。

ここは、猿田彦神を祀っている神社も調べておくべきではないか。特に神徳を。そうすれば、少しは猿田彦神の輪郭がはっきりしてくるだろう。外堀から埋めて行く作戦。

橙子は、今度は神社に関する資料を運んでくると、早速開いて目を通す。

まずは、伊勢神宮・内宮から一キロほどの場所に鎮座している「猿田彦神社」だ。以前、伊勢神宮に参拝した際に立ち寄ったことがある。

大きな鳥居をくぐった正面に建つ本殿は、二重破風(にじゅうはふ)の屋根を持つ「二重破風妻入造(つまいり)」——一般に言う「さだひこ造」という立派な造りで、境内には「佐瑠女(さるめ)神社」が鎮座して天鈿女命も祀っていたはずだ。

祭神は猿田彦大神と、その子孫である大田命。

大鳥居や、本殿屋根の上に載っている鰹木などにも、八角形の木材が使われていることが特徴的だ。これらは——旧本殿跡に置かれている、全方位を指し示す八角形の石柱盤が表しているように——全ての方角を示す「道開き」の標章として造られたらしい。由緒書きにも、

「大神は全てのことに先駆け、人々を善い方に導き、世の中の行方を開く『啓行（みちひらき）』の神として識られています」

「猿田彦大神は天孫降臨の時、天八衢（あめのやちまた）に待ち迎えて、啓行をされ」


——云々とある。

一方の佐瑠女神社の写真を見れば、大勢の芸能人や映画監督が奉納したとみられる何本もの幟に囲まれていた。天鈿女命の神徳である「芸能の上達」の御利益にあやかろうとしているようだ。さすが、伊勢神宮・内宮の近くで猿田彦神を祀るにふさわしい、立派な神社。

しかし。

ここで一つ問題がある。

実はこの猿田彦神社は、旧神社制度では無格社——社格のない神社だったとされるが、現在は神社本庁管轄下で「別表神社」となっている。しかも、全国の猿田彦神社の本家本元であり、猿田彦の子孫と伝えられている宇治土公（うじとこ）氏が代々その宮司を務めているにもかかわらず「庚申の日」に、何の祭も行われていないのだ。この神社の月次祭（つきなみさい）は毎月五日であり、生誕祭は一月二十一日。

ゆえに窪徳忠も、

「（猿田彦神社と）庚申さんの信仰とは、まったく無関係だといわなければならない。とすれば、猿田彦はもとは庚申とは無縁のものだったことになる」

とまで言っている。

では、猿田彦神を祀っている「社格」のある神社はないのかというと、少し離れた鈴鹿に鎮座している椿大神社がそれだ。何しろこの社は、全国二千社を超えるという猿田彦神を祀る神社の総本宮を自称している。

確かに境内には、猿田彦神の御陵という「土公神陵」があるし、全国の天鈿女命を祀る社の本宮「椿岸神社」も鎮座している。ちなみにこの場所では、年に一度だけ、ここでしか観ることのできない神事能「鈿女」が、現在も奉納されているという。

その上この社は「伊勢国一の宮」に指定されている。

伊勢で一の宮はどこかと尋ねられれば、誰もが伊勢神宮と答えそうなものだが、実はこの椿大神社なのである。伊勢神宮は別格なので——という説明書きもあるが、素直に鵜呑みにはできない。しかも、伊勢国一の宮に関しては更に謎がある。

なんと、一の宮が二社あるのだ。

一つは今の「椿大神社」。そしてもう一社は、やはり鈴鹿に鎮座している「都波岐奈加等神社」だ。この社は「都波岐神社」と「奈加等神社」の二社相殿であり、一の宮としては他に例を見ないから、この辺りも謎が深い……。

猿田彦神に関してももう一社、気になる社が出雲——島根県に鎮座している。先ほどの「サナダ」「サダ」に関連する名称を持った「佐太神社」だ。

こちらは、出雲大社に次ぐ「出雲国二の宮」であると同時に、主祭神の佐太大神は、出雲国一の宮の出雲大社・大国主命、熊野大社・熊野櫛御気野命などと一緒に「出雲国四大神」の一柱に数えられている。

新潮社

新刊案内

2023 12 月刊

いちばんの願い

トーン・テレヘン
長山さき［訳］
●12月14日発売
●1760円

63のどうぶつそれぞれに、まったくばらばらの奇妙で切実な願いがある。本屋大賞翻訳小説部門受賞、テレヘン《どうぶつ物語》最新刊！

506994-0

くらべて、けみして 校閲部の九重さん

こいしゆうか
●12月20日発売
●1265円

355391-5

2023年12月新刊

「十二国記」絵師 山田章博の世界

山田章博
芸術新潮編集部編
●12月12日発売
●1815円

「十二国記」の壮大な物語を麗しいイラストで彩ってきた山田章博。大人気絵師が描き出す、あまりにも美しく豊饒なる絵の世界を巡る。

335933-3

＊累計980万部突破の大人気シリーズ

もういちど

畠中 恵

若だんなが赤ん坊に⁉ でも、小さくなっても頭脳は同じ。子どもの姿で事件を次々と解決！ 驚きと優しさあふれるシリーズ第20弾。●737円 146142-7

わたし、定時で帰ります。3 —仁義なき賃上げ闘争編—

朱野帰子

生活残業の問題を解決するため、社員の給料アップを提案する東山結衣だが、社内政治に巻き込まれてしまう。大人気シリーズ第三弾。●880円 100463-1

地中の星 —東京初の地下鉄走る—

門井慶喜

大隈重信や渋沢栄一を口説き、知識も経験もゼロから地下鉄を開業させた、実業家早川徳次の波瀾万丈の生涯。東京、ここから始まる。●935円 104741-6

帆神 —北前船を馳せた男・工楽松右衛門—

【新田次郎文学賞】【舟橋聖一文学賞】

玉岡かおる

日本中の船に俺の発明した帆をかけてみせる——。「松右衛門帆」を発明し、海運流通に革命を起こした工楽松右衛門を描く歴史長編。●1045円 129625-8

新潮文庫 12月の新刊

※表示価格は消費税(10%)を含む定価です。出版社コードは978-4-10です。

聖者のかけら

川添 愛

聖フランチェスコの遺体が消失した——。特異な能力を有する修道士ベネディクトが大いなる謎に挑む。本格歴史ミステリ巨編。●1155円 104761-4

計算する生命

【河合隼雄学芸賞】

森田真生

計算の歴史を古代まで遡り、先人の足跡を辿りながら、いつしか生命の根源に到達した独立研究者が提示する新たな地平。●693円 121367-5

ふかわワールド全開エッセイ！

世の中と足並みがそろわない

ふかわりょう

強いこだわりと独特なぼやきに呆れつつ、くすりと共感してしまう。愛すべき「不器用すぎる芸人」ふかわりょうの歪（いびつ）で愉快な日常。●649円 104781-2

もう一杯だけ飲んで帰ろう。

角田光代 河野丈洋

西荻窪で焼鳥、新宿で蕎麦、中野で鮨、立石ではしご酒——。好きな店で好きな人と、飲む酒はうまい。夫婦の「外飲み」エッセイ！ ●693円 105837-5

生贄の門

マネル・ロウレイロ 宮崎真紀訳

息子の命を救うため小村に移り住んだ女性捜査官を待ち受ける恐るべ 240371-6

この佐太大神が猿田彦神と同一神であると唱えたのは、平田篤胤らしい。そこに一体どういう根拠と意図があったのかは推測しかねるけれど、それ以降、出雲では佐太大神＝猿田彦神と考えられるようになっている。

ちなみに、伊勢の猿田彦神社の宮司である宇治土公家でも、やはり祖神を「サダヒコ」と伝えているというから、同一神と考えて良いのかも知れない。この佐太神社の近くには、大神生誕の地といわれる「加賀（かが）の潜戸（くけど）」という美しい海の洞窟があり、かのラフカディオ・ハーンも訪れたという。

と、ここまで読んで——。

橙子は神社関係の資料本を閉じると、大きく嘆息する。

その他の資料本には、

「『町内の仏とらえて猿田彦』とか『役不足云うなと猿田彦にする』とか古川柳にいう。その猿田彦は、渡御の先払いを指してのことだが、お人好しに割りあてられる端役であることを物語っているのである」

「自分の子供や弟子が社会的に認められたりして偉くなると、あの人は鼻が高いとか天狗だなどという。自分は偉くはなく、別の人が偉いのに、あたかも自分が偉いことをしたように振舞う人のことである。これは行列の先導、神輿の先導をなす天狗・鼻高・猿田彦からきていることは確かである」

などとも書かれていたが、今まで見てきて、猿田彦神がとてもそんなレベルの神とは思えなくなってきた。

昔から言われているような、

「（猿田彦神は）あくまでも脇役であり、道化役でもあるのだ」

というような神では、決してない。

おそらく誰もが、彼に関して勘違いしている。

それが、単なる「勘違い」なのか、それとも「勘違いさせられて」いるのか。

〝どちらにしてもこれは……小余綾俊輔案件だわ〟

橙子は再度確信する。

最初は、俊輔とただ単に繋がりが持てるかもと喜んでいただけだったが、それどころではない。

「猿田彦神」には、何かとてつもなく大きな秘密が隠されている。そう感じる。

ぶるっ、と一つ身震いすると、

〝明日早速、小余綾先生に電話を入れてみよう〟

橙子は決心した。

《十月十六日（木）壬戌・伐日》

「不可能なものをすべて除去してしまえば、あとに残ったものが、たとえいかに不合理に見えても、それこそ真実に違いないという推定から出発するのです」

『白面の兵士』


橙子は朝一番で、日枝山王大学民俗学研究室に電話を入れた。

しかし（半ば予想通り）俊輔はまだ出勤しておらず、電話口の女性に「昼休み頃に、もう一度かけ直します」と言って受話器を置いた。

おそらくその女性が、電話があったことを俊輔に伝えてくれていたのだろう、昼休みにはすぐに俊輔が電話に出た。橙子は、高鳴る胸の鼓動を抑えながら、

「お忙しい所、申し訳ありません」

と挨拶すると、

「いや、相変わらず暇をもてあましているよ」俊輔は笑い、そんなこともないだろうと思っている橙子に尋ねてきた。「今日は、どうしたんだい」

はい、と橙子は恐縮しながら答える。

「実は……もしも先生にお時間があれば、ぜひ教えていただきたい件があるんです。実は一昨日、奈良をまわったんですけど――」

「ほう」と俊輔は言った。「先月も行ったんじゃなかったか。采女(うねめ)神社に」

「はい。でも、今回もまた――」

「余程、奈良と縁が深いんだな」

俊輔は笑いながら、三郷と同じようなことを言う。

「で、でも、今回はそちらじゃなくて――」

橙子は、仕事で京都に三郷を訪ねたことを伝える。折角なので、仕事後に奈良まで行き、俊輔から話を聞いた元興寺などをまわろうと思っていたら、たまたま一昨日が「庚申」の日だったことに気づいた三郷から、同じならまちにある庚申堂や資料館の見学を勧められた。

ところが実際に行ってみると、先月の「采女」のように、次から次へと色々な疑問が湧いてきて、調べれば調べるほど混沌としてきてしまった――。

「庚申か……」俊輔は呟く。「確かに面白そうなテーマだ」

「そうですか！」橙子は叫ぶ。「先生なら、きっとお詳しいと思い、よろしければ、いつか時間をいただいてお話を伺いたいと――」

「庚申の何をだい」

「全部なんです」肩を落としながら弱々しく答える。「特に、猿田彦神との関わりについて――」

「猿田彦神……か」

「はい」

橙子は答えたが俊輔からの返答がなく、一瞬の沈黙があった。

変なことを言ってしまったのか。

不安になった橙子は、小声で尋ねる。

「あ、あの……私、何か……」

「いや」俊輔は真面目な声で答えた。「そんなことはない。ちょっと考え事をしていた」

受話器のこちら側で、ホッと胸を撫で下ろす橙子に、俊輔は笑いながら言った。

「先月もそうだったが、きみはいつも興味深い話題を投げかけてくるね」

「は？　どういうことですか」

「すまん。独り言だ」

そして、

「ああ、そうだ」俊輔は話題を転換した。「実は今晩、きみも旧知の堀越誠也くんと会って、食事をすることになったんだ。何か話があるらしくてね」

「今晩ですか！」

「いつもの、四谷(よつや)の蕎麦屋だ。もし、きみも都合がつけば一緒にどうかな」

「私の予定はどうにでもなりますけど……でも、堀越さんのお邪魔になってしまうのでは」

「ぼくから、彼に訊いてみようか」

「いえ！」

橙子は、さすがに止(と)める。

俊輔から話が行けば、たとえ個人的な相談事だったとしても、誠也は断りづらいだろう。

「私が直接、お訊きしてみます」橙子は言った。「構わないと言われれば、ぜひご一緒に参加させていただいて、そうでなければ私はまた次の機会にでも」

「そうか」俊輔は頷いた。「じゃあ、すまないが頼む」

「はい」

と答えて橙子は電話を切った。

昼休み中のうちにと思い、すぐさま誠也の携帯に連絡を入れると、幸いすぐに誠也が出た。

「お久しぶりです。先月は、小余綾（こゆるぎ）先生とご一緒にありがとうございました」

と言ってから「申し訳ないんですけれど……」と、先ほどの俊輔との会話を簡潔に伝える。

少しドキドキしながら返答を待っていると、

「ああ、ぼくは構わないよ」

と、あっさり答えてくれた。

橙子はホッとしながら、

「それで堀越さんは、どのようなご相談を？」

と尋ねると誠也は、

「うん」と言って、答える。「天皇家の皇位継承問題なんだ」

やっぱり……。

橙子も何となくそんな気がしていた。

今、世間はその話題で大騒ぎになっているし、誠也が、わざわざ違う研究室の俊輔に相談するということは、歴史学科でも統一見解が出ていないのか、もしくは誠也はその論に異を唱えているということだろう。誠也の研究室の教授は、あの熊谷源二郎だ。どちらにしても、ゴタゴタしているに違いない。

「その話の内容は、もう小余綾先生に？」

いいや、と誠也は答える。

「まだ何も伝えてはいないけれど、でも、この時期にお話を伺いたいと言えばこのテーマだろうと、先生ならもう気づかれていると思う」

「確かに……」

他の日常生活（大学の雑用）のことならともかく、そういったことには勘が利く俊輔のことだ。きっと、気づいている。

ということは、それを承知の上で橙子も誘ってくれたのか。

でも、二人の時間に横入りしてしまったのも事実。

「ありがとうございます」

橙子はお礼を述べる。

「といっても……」と首を捻った。「私の『庚申』の話と、堀越さんの『皇位継承問題』の話では、全く何の共通点もなくて申し訳ないです」

「いや。小余綾先生のことだ。三人で会っても構わないとおっしゃるんだから、何か考えるところがあるのかも知れない。いつものように、ぼくらの想像を超えたレベルでね」

「そうだと良いんですけど――」

「そうじゃなかったとしても、きっと面白いお話が聞けるだろう」

誠也は笑った。


橙子は今日もてきぱきと仕事をこなし、定刻ぴったりに会社を出ると、大急ぎでＪＲに飛び乗って四ツ谷で飛び降り、以前にも三人で行ったことのある駅近くの日本蕎麦屋まで小走りで向かった。

年季の入った暖簾をくぐるとカラカラと引き戸を開け、入り口にいた店員に「待ち合わせです」と告げて店の奥を見れば、すでに俊輔と誠也は隅の四人席に着き、向かい合って生ビールのグラスを傾けていた。


「すみません！」二人に近づくと、橙子は頭を下げる。「遅くなりました」

すると、橙子を認めた俊輔が、

「いや」と微笑んだ。「少し早く到着したので、お先にビールを飲んでいただけだ。きみが遅れたわけじゃない」

「今日は、無理矢理に先生と堀越さんのお話に割り込んでしまって――」

「平気だよ」誠也も笑う。「今、少しだけ先生とお話できたし」

「皇位継承問題ですよね」橙子は荷物を下ろすと誠也の隣に腰掛ける。「そちらの問題も、凄く興味があります。よろしければ、私にもお話を伺わせてください」

「ぜひ、きみの意見も聞いてみたい」

微笑む俊輔に、

「いえ、私は、そちらに関しては何も……」

とても微妙で繊細、なおかつ膨大な知識を必要とする問題だ。ただの興味本位などでは話せない。橙子はためらいながら返答すると、生ビールを注文した。俊輔と誠也もグラスを空けると、お代わりと酒肴——舞茸の天ぷらとつくね、厚焼き卵と、俊輔の大好物の焼き味噌を頼む。

一通りの注文が済むと、

「奈良のお土産です」

橙子は言って、奈良町資料館で購入した、括り猿のキーホルダーを二人に手渡した。

「今回は『庚申』を追ってきたので」

橙子はあの時、何故かキーホルダーを三つ買った。一つは自分用、もう一つは俊輔に。そして三つめは誰というあてもなく。まさかこんな展開になるとは想像もしていなかったけれど、とてもラッキーだった。それとも、こうなることを頭のどこかで予測していたのか……。

すると、

「ほう——」俊輔は驚いて橙子を見た。「どういう邂逅なんだろう」

「何か?」

「ついさっき、堀越くんからも大阪土産をいただいたんだ」

そう言って俊輔は、赤い着物を着て黒烏帽子を被り、金色の御幣を手にした小さく可愛らしい猿の土人形を取り出した。

「これは?」

驚いて見つめる橙子に、誠也は説明する。

大阪で開かれた学会が終わってから、住吉大社に参拝してきた。境内の授与所で、ふと目に留まったので、俊輔へのお土産と思って買って帰ってきた——。

「でも」誠也は苦笑する。「どうして住吉大社で、こんな物が名産品となっているのか分からないけどね」

「それでもやっぱり猿なんて、凄い偶然ですね」

運ばれてきた生ビールで乾杯しながら橙子が笑うと、

「実はね——」俊輔が言った。「ぼくも、今『猿』について調べているんだ」

えっ、と橙子は目を丸くする。

だから先ほど橙子の話を聞いて「面白そう」だとか「興味深い話題」とかと言ったのか。

「先生は、猿の何をお調べになっているんですか」

ああ、と俊輔は頷く。

「『猿』や『申』の文字の成り立ちだ」

まさに橙子が知りたいと思っていた部分ではないか！

ぜひ聞かせてください、と言って、自分もこれから調べようとしていたという話を告げる。

すると俊輔は、

「そういえば昨日、こんな物までいただいた」

と言って二人に、

「猿に関して調べるのは止めよ。危険」

と書かれた例のメモを広げて見せた。

「え……」

橙子たちはそのメモを覗き込み、不安そうに俊輔を見た。

「どういうことですか、これは……」

「誰かがぼくに、猿についてもっと調べろと言ってきているらしい」

「……大丈夫なんですか」

心配そうに尋ねる橙子を見て、俊輔は楽しそうに笑った。

「まあ、良くあることだよ。常に、お節介を焼いてくれる人間が周りにいるということだ」

「でも……」

顔を曇らせる橙子から視線を外して、俊輔は言う。

「とにかく、不思議なことに今回我々は『猿』という共通項で繋がった」

「ぼくはたまたまです」

苦笑いする誠也に向かって俊輔は、

「果たしてそうかな」真面目な顔で応える。「猿は、日吉山王（ひえさんのう）の神使といわれている。我々の母校、日枝山王大学の日枝——日吉だ。この日吉は、きみたちも知っているように、もとは『日栄』であり『火栄』つまり『燃えさかる火』という意味だ」

「特に、蹈鞴（たたら）の火のこと……」

橙子の言葉に俊輔は、

「そうだ」と頷く。「蹈鞴場の実質的な頭領として『村下』が、その下に副頭領の『炭坂』がいる。この炭坂は、木炭を差配する重要な役割を担っていた。そして同時に『日本書紀』の神武東征の条では、皇軍に徹底抗戦を挑んだ墨坂神として登場する」

「奈良の『墨坂』――今の宇陀郡といわれている場所ですね」

「大和と伊勢を結ぶ要路上だ。そこに『焃炭を置けり』と『書紀』にある。神武たちを非常に悩ませた神だ。そして、この『墨坂』が『墨栄――すみえい』となり、『住之江』となった。つまり、そこにいた神は――」

「住吉神ですか」誠也は驚く。「だから住吉大社に、土地の名産品として猿の土人形が」

そういうことだ、と俊輔は首肯する。

「故に沢史生も、

『今日では反王権の神とされながら正体不明に付されてきた墨坂神』は『実は住吉神のことであったと解くことができるのである』

と言っている。『日吉』の神使は『猿』で『日吉』は『住吉』。この三者は、綺麗に繋がっているんだよ」

俊輔は強引とも思える論法で話をまとめたが……実際に繋がってはいる。

橙子が不審げに小首を傾げていると、

「ということで」俊輔は微笑みながらグラスを傾けた。「今夜は『猿』の話から入ろうか。折角、加藤くんが奈良まで追いかけて行ったんだ。こちらの『申』――庚申についてだ」

「ありがとうございます」礼を述べてから橙子は、俊輔と誠也の顔を交互に見た。「でも……堀越さんのお話も……」

「さっき少しだけ聞いたところ、彼はもう自分なりの考えを持っていそうだ。あとは、それをうまくまとめるだけだろう」

「そんなことぼくは一言も――」

驚いて顔を上げる誠也に俊輔は言う。

「人に相談を持ちかけようと思った時点で、誰もがある程度、頭の中に自分なりの考えが存在している。ぼくの役目は、きみ自身の意見を補強、あるいは細かな修正を入れてあげるだけだ」

「え……」

では、と俊輔は橙子を見る。

「まず、庚申に関しての加藤くんの話を聞こうか」

「話といっても」橙子は顔を曇らせる。「分からないことだらけなんです。全てが混沌としていて――」

「分からないということが分かっていれば、今はそれで充分だよ」俊輔は、焼き味噌を口に運んだ。「これから皆で検討していけば良い」

「はい……」

俊輔の言葉に背中を押されるように、橙子は今まで調べたことをまとめてあるノートを開き、二人に向かって話す。

暦の六十日ごとの「庚申（かのえさる）」の日に、夜寝ずに信者同士で語り明かす。これを「庚申（こうしん）待ち」と呼び、平安時代には貴族――清少納言や紫式部たちの間で、そして江戸時代には一般庶民にまで広がった信仰である。もしもその日に寝てしまうと、我々の体の中に棲んでいる「三尸（さんし）の虫」が人体を抜け出して天に昇り、我々の寿命を司っている天帝にその人間の悪事罪過を告げ、寿命が縮まってしまうからだ。

と言って橙子は「三尸の虫」に関して簡単に説明する。

そのため人々は庚申の日は一晩中起きていて、三尸の昇天を妨げることで延命などを祈願した。そして、中国の三尸説やその信仰、守庚申とそれにまつわる習わしが、次第に日本的な庚申待ちや庚申信仰となっていったのである――。

「三尸の虫に関しては」と、俊輔がつけ加えた。

「菅原道真の『菅家文草（かんけぶんそう）』にも、

『庚申夜、述所懐――庚申の夜、懐（おも）ふ所を述ぶ』

として、

『今宵眠らないのは、庚申の夜の三尸虫を守るためだけであろうか。

いや（ここに）客居（かっきょ）――余所者（よそもの）として住んでいる愁（うれ）いのせいもあるのだ』

などという詩も残っている。ちなみに、巷間良く言われる『虫の知らせ』の『虫』は、この三尸のことを指しているらしい」

では、括り猿のキーホルダーを三人分購入したのも、やはり「虫の知らせ」？

そんなことを思っていた橙子の前で、俊輔は言った。

「それほど、我々の生活の中に溶け込んでいた風習だったということだ」

橙子は「はい」と頷いて続ける。

そして。

これらの風習の根本には、道教の思想があるようなのだけれど、わが国は——意図するしないにかかわらず——他国からの伝来思想や風習を、大きく変えてしまうのが常だ。ゆえに、庚申も、本来のものから大きく変貌してしまっていたと考える方が妥当である——。

「その通りだね」俊輔は首肯した。「江戸時代に成立したといわれる『都名所車』にも、『庚申待は人王三十六代皇極天皇の御宇、大唐より我朝へ初て渡る』と書かれているから、庚申は中国から渡ってきた風習と考えて間違いないだろう。柳田國男などは、日本固有の民間習俗と主張したものの、戦後になって、道教学者・窪徳忠によって国産説は退けられてしまったようだ」

「庚申を日本の風習と言い切るのは、さすがにちょっと無理があります」

「だが、柳田の本意としては『庚申信仰』を当時の学者たちが『支那から来たものだ』とばかり主張するのに対して『双方の形は色々の点でちがって居て』同じなのは名前だけではないか、だからわが国における『庚申信仰』は、日本固有のものだと言いたかったんだろう。それが曲解されてしまったんじゃないかな。往々にして、ありがちなことだが」

私——と橙子は言った。

「その肝心な道教そのものも、良く分かっていないんです。まだ調べ切れていなくて……すみません」

「じゃあ」と俊輔はグラスを傾ける。「まず、道教の話から行こうか。道教が、想像以上に我々の暮らしや風習に多大な影響を及ぼした——いや、今も及ぼし続けているという話を」

「お願いします！」

橙子の言葉に、俊輔はゆっくりと口を開いた。

「道教は、古代中国から伝わる巫祝、占星術、陰陽五行説、神仙説、神秘思想などの信仰と、『全ての物に精霊が宿る』というアニミズム——原初的信仰や民俗信仰を混合したもので、明確な開祖も整然とした教義体系もない宗教……ともいえない『宗教』だ。良く混同されやすい思想として、孔子に始まる『儒家』と共に『二大学派』と呼ばれている『道家』があるが、こちらは老子や荘子を代表とする思想家たちが確立した『無為』『恬淡』を基にした『学』や『道』だ」

「いわゆる『老荘思想・哲学』ですね」

首肯する誠也に「そうだ」と俊輔は言って、続けた。

「ただ、道教の始祖もまた老子といわれているために、非常に同一視されやすい。更に道教は、後に道家の思想も取り入れているから、ますます複雑になってしまったんだ。非常に簡単な区別をすれば『道家は思想・哲学』であり『道教は宗教・民間信仰』ということになる」

「むしろ日本的です」橙子は微笑んだ。「もともとの風習や宗教なども『文化変容』させてしまうんですから」

「そうも言えるな」俊輔も笑う。「しかも道教には、特に教祖もいないし、それどころか開創者すら知られていない。組織だった教理体系も整っていないんだからね。加藤くんの言う通り、実に古代の日本的宗教だ」

「それが」今度は誠也が尋ねる。「いわゆる『道』という思想に繋がってゆくわけですか」

そうだね、と俊輔は続けた。

「この『道――タオ』とは、

『一切をそこに包含する、思考されたもの全て、存在するもの全ての「容れ物」でありこの「容れ物」の中には「気」が満ちている』

――と言われているが」

俊輔は、子供のように笑った。

「ぼくも、良く分からない」

「確かに」橙子も大きく頷いた。「そういった意味でも、非常に東洋哲学的です」

「だからむしろ、我々には理解し易いんじゃないかな。論理的にきっちりと突き詰めていった結論ではなく、ふんわりとした緩い概念。そもそもこの『道』の概念は、決して道教特有の物ではなく、まさに『中国的思想』と言われているらしいからね。

『古代中国人は、政治、道徳、宗教、文化など、あらゆる現象の本源は天にあり、これを「天(てん)道(どう)」と呼んでいた』

と言われているが、感覚的に分かる気がするだろう」

「何となく……ですけれど」

「その道教は、中国宗教界における、いわゆる『三教』の一つとされていた。ここで注意しておかなくてはならない点は、中国を代表する仏教でさえも、もともとはインドから入って来ている。となると、中国で生まれた宗教は残りの『二教』となる。すなわち、儒教と道教だ。ここで、儒教を宗教と認めるかどうかに関しては専門家の間でも大いに揉めるところとなるから、結局のところ、純粋に中国を代表する『宗教』となると――道教だけだ」

「ああ……そういうことなんですね。それが皇極天皇の頃に、わが国にやって来た」

『皇極』という諡号は『太極』『北辰』という意味だから、道教の言葉だしね。だから『皇極天皇は道教の信奉者』だったのだろうという意見もある」

さて――、と言って俊輔は焼き味噌をつまみ、グラスを傾けながら二人に尋ねた。

「きみたちも、わが国に伝わって来た道教の風習を色々知っていると思うが――」

「はい」

と言って橙子は（あらかじめ調べておいて良かったと心の中で思いながら）答えた。

「一番有名なのは、やはり『七夕』ですね」

七夕は、宮中で行われていた裁縫の上達を願う「乞巧奠」の儀式が民間に流布したもので、中国から伝えられた習俗であり、年中行事を記した『荊楚歳時記』などにも、乞巧奠をするという記録がある――。

「その乞巧奠は」

俊輔は首肯しながら言った。

「織物の神、道教で言う神・西王母信仰から生まれたわけだ。西王母は女の仙人の支配者で、崑崙山の頂にある宮殿に住み、女仙だけの国を統治しているといわれる。ちなみに、三月三日の桃の節句も、この西王母の生誕を祝う風習といわれている」

「桃の節句も、西王母――道教関連だったんですか！」

驚く橙子に、

「そうだよ」俊輔は頷いた。「節句といえば、五月五日の端午の節句も、やはり道教関係の風習だね。この歴史に関しては有名な伝説が関与している。この話は、聞いたことがあるだろう」

「屈原ですね」誠也が答える。「中国の戦国時代の楚の忠臣で『楚辞』などの中国最古の詩集を編纂したといわれる詩人だったけれど、主君を諫め、また讒言を受けて流されてしまった。その後、自分の祖国が滅亡する姿を見るに忍びず、汨羅の淵に身を沈めた……」

　その通り、と俊輔は続ける。

「ゆえに、楚の人々は屈原の霊を慰めるために、彼らの日常食であったもち米を竹の筒に入れて、汨羅の淵に投げ入れたのが端午の節句に粽を食べる風習の起源と言われている。屈原の命日に、粽を供えるという意味だ。ちなみに、今は殆ど目にしなくなってしまったが、昔は端午の節句に飾る何種類もの五月人形の中に『鍾馗』が必ず入っていた」

「田舎の実家で見たことがあります」橙子は頷いた。「中国風の衣装で黒い冠、顔中に真っ黒な鬚を生やしていて、手には長い剣を持って、こちらを睨みつけている恐ろしい男性の人形ですよね。日本の節句なのに、どうしてこんな異国風の男性の人形を飾るんだろうと思いました」

「鍾馗は、科挙に落第して自殺した男性だったが、死後に鬼神となって玄宗皇帝を脅かす鬼を退治し、天下の妖怪悪鬼を降伏して国家のために尽くすことを誓ったといわれている人物だ」

「それであの人形は、あんなに恐ろしい姿をしていたんですね。悪鬼を祓う人物として端午の節句に取り入れられたから……」

「そういうことだ。また、追儺や鬼遣いとしての『節分』も有名だが、こちらに関してはとても長くなってしまうから、今は割愛しておこう。色々な所にも書かれているようだしね」

　俊輔の笑顔を眺めながら、橙子は三郷の言葉を思い出す。

〝本来の意味をほんの微かに残しながらも、全く異なった風習になってしまっている――〟

我々のごく身近にある風習が、これほど「道教」にかかわっていたとは気づかなかった……。

「これらの風習の他にも」

俊輔は続ける。

「道教に関係した物だと『神農本草経』がある。その後に『本草綱目』が編纂されて、現代の我々も服用している『漢方薬』が確立した。関係する人々といえば、中国神話の神・蚩尤を破って天下を統一し、八卦、暦などを作り、音律を定め、宮廷制度を確立したといわれている伝説的な『黄帝』もいる。この黄帝は、神農の後裔だ。また、貴人たちが道中の無事を願って歩く反閇――禹歩で有名な禹もいる。彼は、各地の洪水を治めようとして歩き回った際に、足に酷い皹ができてしまったため、いつも足を引きずりながら歩いていた。その歩き方から、陰陽道の『禹歩法』が作られた。また、わが国でも良く使われた水虫薬に『華佗膏』という薬があった。これは華佗と呼ばれた無病・長生の医神だ。二世紀後半から三世紀にかけてのころの名医だな」

俊輔は一息に喋ると、グラスを傾けて喉を潤す。

「こんなにわが国に及ぼした影響が大きいと思われるにもかかわらず、古代の日本には道観があったとか正式な道士が来たという記録は見当らないんだ」

「それはどうして」

「神道や仏教の関係者たちが、意図的に排除してしまったということも大きい――」

俊輔の言葉が一瞬止まる。

「どうしました？」

「いや……その他の可能性もあるかも知れない、とふと思ったんだ」

と言ってから二人を見た。

「しかしこれは、また改めて考えてみようか……」

とにかく、と俊輔は続けた。

「それらが、余りにも日本的な風習に変容してしまったという理由も大きいだろうね。節分や桃の節句や端午の節句、夏越(なごし)の祓えの茅(ち)の輪(わ)くぐりや、七夕や、九月九日の『重陽(ちょうよう)』などもそうだが、それこそ、陰陽道も」

「陰陽道まで？」

「陰陽道は、もともとは道教の中の一つの思想だったが、日本において発展を遂げて日本独自の思想・宗教と化したんだ。陰陽道関連で言えば、護符などで良く使われる『急々如律令(きゅうきゅうにょりつりょう)』などは、明らかに道教の呪文だ。これは漢代の公文書の最後の部分に書く止め句で『法律の如く急いで行え』という意味なんだからね」

「ああ……」

まさに〝文化変容〟だ。

「今言ったようなこともそうだが」橙子が納得していると俊輔が言う。「更に有名なのは『河伯(かはく)』じゃないかな」

「かはく？」

「河童(かっぱ)だよ。河の神だ」

「えっ」

「河伯は、藤原倫寧女（ともやすのむすめ）、道綱母（みちつなのはは）の『蜻蛉日記（かげろう）』にも出てくるほど、有名な神だった。彼女は、

　今ぞしるかはくときけばきみがため
　　あまてる神のなにこそありけれ

今分かった。河伯の神とは、あなたの為に空を照らす天照大神の名前だったのだ——と詠んでいる」

「河伯、つまり河童が天照大神ですか……？」

「それに関しては」俊輔は笑った。「こちらも長くなるから、今回は止めておこう。とにかく河伯は、河の長——河の神である河童のことだ。その他にも——やはり、意味が微妙に違ってはいるが『てるてる坊主』は『掃晴娘（サオチンニャン）』がもとだし、正月の『屠蘇（とそ）酒』もそうだ。しかし」

　俊輔は二人を見た。

「『日本人は、中国固有の宗教・道教を受け入れなかった』という定説がある。道教は、わが国に全く根付かなかったというんだ。国が採（と）り入れたのは仏教と儒教だけで、道教は除外されたのだと」

「こんなに『根付いている』のにですか？　といっても、確かにかなり形が変わってしまっているけど……」

　しかし、と俊輔は言った。

「そう言い切るための、さまざまな理由があるだろうが、そんな説を主張する人々でさえ、道教

から来ていることを認めざるを得なかった風習が――」

一息ついて告げる。

「庚申信仰だ」


長い話が戻った。


息を呑んで身を乗り出す橙子の前で、俊輔はグラスを空けると、お代わりを注文してから口を開いた。

「庚申信仰そのものは道教の延命呪法のひとつで、道教経典の『雲笈七籤（うんきゅうしちせん）』にも記されているようだし、あの山崎闇斎も、庚申待ちは道教から来ていると認めたというからね。但しその後は、今も言ったように、かなり日本的な展開を遂げていると見て間違いない。事実『三猿』も、文化変容したまま庚申に取り入れられた」

「三猿って」誠也は驚いて俊輔を見た。「あの『見ざる・言わざる・聞かざる』のですか？　それも庚申なんですね」

「それこそ日吉――比叡天台（ひえいてんだい）が、わが国に持ち込んできたんだからな」

「初耳でした……」

橙子も京都で三郷から聞いて驚いた。

庚申信仰は、最澄が持ってきて、その結果、主として天台派の社寺が三猿を祀るようになった――と飯田道夫も書いていた。

橙子が説明すると「そうなのか……」と呟く誠也の隣で、俊輔に尋ねる。

「三猿に関しては『和漢三才図会』にも、庚申として描かれているようです。あくまでも庚申の『申』から来ている、『猿』は庚申様の神使だからという説が主流のようなんです。でも……」

「どうしたんだ。何か引っかかっているのかね」

「はい」

橙子は、ここぞとばかり、思いの丈をぶつけるように口を開いた。

それほど「猿」を尊重しているはずなのに、さっきの「括り猿」といい、柴又帝釈天の「はじき猿」といい、ならまち庚申堂前の大きな石臼のような香炉を担がされている猿といい――「厄が去る（猿）」の掛詞とはいえ、やけに冷遇されている。

考えてみれば「見ざる・言わざる・聞かざる」も酷いパフォーマンスなのではないか。これらは、目上の人間の悪業を「何も見ていません、決して他人に言いませんし、全く何も聞いていません」という「卑屈な恭順」なのだと解読している人もいる――。

更には、わが国における庚申信仰発祥の地といわれる大阪の四天王寺では、庚申堂、三猿堂共に境外で祀られているという。もしもそれらを重要な神として扱うならば、当然、境内で祀るはず。特に四天王寺などは、あれほど広大な境内を持っているのだから――。

「確かに酷い扱いだ」

俊輔の同意を得て勇気づけられた橙子は続ける。

「なので私は最初、庚申の猿は猿田彦神じゃないかと感じたんです。というのも、猿田彦神は何時の時代も軽く見られているじゃないですか。たとえば江戸川柳には、祭礼で先払い役の猿田彦は、一人前の神として扱われない存在でしたし、また、町内の祭で先導役の猿田彦神を誰にするかを決めかねて、結局『仏』と呼ばれるほどおとなしい人に押しつけたという句もありました。これはつまり、誰も猿田彦神の役をやりたくなかったということですよね」

　でも、と誠也は首を捻る。

「いきなり猿田彦神とは……」

「いえ。いきなりじゃないんです」

　と言って、ならまち、特に庚申堂の周辺には猿田彦神関係の史跡がいくつもあったことや、そう言っている人々もいることを伝える。

　たとえば、猿田彦神はもちろん庚申様ではないにしても「あらゆる場面に登場してくる、とても深く関与している神」だという意見すらある。だから、山崎闇斎たちの言うように、庚申と猿田彦神は「申」と「猿」というだけの繋がりとはとても思えない――。

「なるほどね」誠也は同意すると、俊輔を見た。「先生は、どう思われますか」

「予想通り、実に面白い」

　微笑む俊輔に、誠也は尋ねる。

「面白い……ですか？」

「柳田國男も、庚申――庚申塔の神として、

『猿田彦神、道祖神、庚申、青面金剛の四者全く差別なきことと相成申候（あいなりもうしそうろう）』

　と言っているから、猿田彦神は間違いなく関係しているだろうね。しかも、とても深く」

「やっぱり！」

グラスを傾けながら叫ぶ橙子を見て、俊輔は言った。

「また先ほどの四天王寺に関しては、『文武天皇の御代、大宝元年一月七日、則ち庚申の年、庚申の月、庚申の日、四天王寺の一僧の前に、青面金剛が帝釈天のお使いと称する青衣の童子の姿をとって現れ、庚申修法を教えた』とされているが、大宝元年一月七日は、庚申の年でも月でも日でもない。もっと言えば、文武天皇の即位中に庚申の年は一度もなかった」

「本当ですか」

「ああ、本当だ。堀越くん、ちょっと確認してみてくれないか」

俊輔に言われ、目を丸くする橙子の隣で誠也は持参してきたパソコンを開いて暦を調べた。すると、

「本当です」驚いて声を上げる。「大宝元年の干支は『辛丑（かのとうし）』で、全く違います」

「えっ」

「また、庚申信仰が始まったのは『四十二代文武天皇、大宝元辛丑歳』と、きちんと書かれていますから、今の話は後世になって創作されたんでしょう」

「そういうことだろうな」

俊輔は答えてグラスを空けると、今度は蕎麦焼酎のそば湯割りを注文した。そんな姿を見て、橙子は思う。

〝さすがに詳しい――〟

俊輔を巻き込んで正解だった、と橙子は確信した。自分一人だったら、きっと右往左往するだ

けだったろう。

　自分の直感の正しさを確信した橙子の前で、俊輔が呟くように言った。

「実はぼくも加藤くんと同様に、庚申と猿田彦神が結びついたのは『申』と『猿』という文字のためだけじゃないと考えているんだ」

「それじゃ」橙子は身を乗り出す。「何故？」

　すると俊輔は、珍しく一瞬の間を置いて、

「――順番に行こうか」

　と答えて、蕎麦湯割り焼酎のグラスを傾けた。

「まず、庚申信仰が、わが国に伝来して以降、独自に変容を遂げたとすれば、今話したように、柳田國男の言った『庚申は日本古来の信仰』という説が、決して間違いと切っては捨てられなくなる。日本独自の『文化変容』を遂げたという意味でね」

　俊輔は二人に尋ねる。

「加藤くんも堀越くんも『金神（こんじん）』という名前を聞いたことがあるかな」

「個人的な知識で申し訳ないんですが」誠也が苦笑いしながら答えた。「その神のいる方角に旅行したり移転したりすると、大きな罰が当たる――と、祖母から聞いたことがあります」

「実に敬虔なお祖母（ばあ）さまだ」俊輔は笑った。「その通りで、金神は陰陽道で祀る方位の神だ。その神の方角に対して、土木を起こしたり移転したりする事を厳しく忌むため、これを犯すと『金神七殺（しちせつ）』といって家族七人が、そして七人いない場合は、近隣の住民が巻き込まれて殺されるという」

「周囲の人間までもがですか」

「だから人々は、誰もが金神を恐れたんだ。そして、小花波平六に言わせれば金神は、寿命神、塩竈神、幸神、縁結神、船玉神、そして道祖神と同神だという」

「道祖神も！　あんな優しそうな神様なのに、どういうことですか？　道祖神は、それこそ庚申の神だから――」

と思った時「あっ」と言って、橙子は口をつぐんだ。

金神――こんじん。

庚申――こうしん。

名前が似すぎていないか。それとも、単なる偶然か……。

すると、

「今、加藤くんが感じたように」

俊輔が橙子の心を読んだかの如く言った。

「ぼくも『金神』は『庚申』であり、道祖神だと考えている。そして『寿命神』とあったろう。これは取りも直さず、人間の寿命を司るという神であり、道教で言う泰山府君のことだ。泰山府君というのは、東岳泰山の神のことで、泰山は死者の霊が集まる霊峰と考えられていた。ちなみに『泰山北斗』という言葉があり、これは山と言えば泰山、星と言えば北斗星という、それぞれの道で最も優れているものを指す言葉になる。北斗七星は、南極老人星――寿老人の星と同様に、人間の寿命を司る星と考えられていた」

「『七福神』の寿老人……」

「そうだ。だから第三代天台座主（ざす）の円仁（えんにん）などは、泰山府君を赤山（せきざん）明神として、延暦寺の守護神にした」

「京都・赤山禅院ですね。京都御所の鬼門を守っていると聞きました。以前に参拝したことがあります」

「拝殿を見たかい」

「は、はい。見ましたけど……」

「拝殿の屋根には、それこそ京都御所の北東で猿を祀っている『猿が辻』と向かい合うようにして、御幣と鈴を手にした猿の像が祀られている」

「えっ。そこまでは気づきませんでした」

「これは一般的に、鬼門である『丑寅（うしとら）』の反対なので『申（さる）』が祀られていると言われているが、それならば『未申（ひつじ）』として、羊も一緒に祀らなくてはならないはずだが、いつも猿だけだ」

「でも、その寿老人や泰山府君が、人間の寿命を司る神ということになると――」

「庚申の『天帝』と同じだ。そして庚申は、猿田彦神。だから小花波も、これらの神は全て『猿田彦神と同体』だと言っている」

「私は、そこも不思議だったんです」

と言って橙子は、俊輔たちに訴えた。

道祖神や庚申が猿田彦神だというのは構わない。

しかし「庚申＝天帝」ならば、猿田彦神が「天帝」になってしまうので、これはおかしくはないか？　猿田彦神は、あくまでも「天帝」を導いた神なのだから――。

橙子の質問に、

「確かに、話が食い違ってしまうな」俊輔は眉根を寄せる。「ただ、猿田彦神は『太陽神』ともいわれていることは事実だから、そうであれば最高神の『天帝』となってもおかしくはないが」

「太陽神って……」橙子は首を傾げた。「猿田彦神がですか?」

「昔から、そう言われている」

でも、と橙子は眉根を寄せる。

「当時の太陽神は、あくまでも天照大神ですよね。その天照大神に命じられて降臨した瓊瓊杵尊(ににぎ)を導いたのが、猿田彦神でしょう。そうすると、太陽神が二柱いることになってしまいます」

「確かに、この世に太陽が二つあったら変だ」俊輔は苦笑いした。「実を言うと、ぼくもこの点は気になっていた。天上神の『太陽神』と、地上神としての『太陽神』が存在していたのかとも思ったが……。ちょうど良い機会だ。改めて考え直してみよう。実に興味深く、かつ重要な点だという予感がする」

俊輔は、グラスに口をつけながら呟くように言った。

「しかし……小花波の言うように、船玉神はそのままで猿田彦神。そして幸神は『塞神(さいのかみ)』だから、こちらもやはり猿田彦神だ……」

あの——、と橙子はまたも尋ねる。

「幸神が塞神っておっしゃいましたけど、見た目も感じ方も『幸』と『塞』じゃ、余りに違いませんか?」

「そんなことはない」俊輔は、あっさり否定する。「『幸神』を『さいのかみ』と読めば同じ神になる」

「そう言われても……」

不服そうな橙子に、俊輔は微笑む。

「『幸』の字は『字統』によると『手械の象』を表していて『罪人を執えることを執、報復刑を加えることを報という』とある」

「え」

「もともと『幸』には、漁猟による獲物という意味があった。『山の幸、海の幸』というように。つまり、それら――山海の獲物や、敵の罪人を捕らえることこそが『幸』だった。貴族たちが『鬼』を捕らえて『美し、美し』と喜んだようにね。また、『幸』に似た『辛』という文字があるが、この文字は『奴隷の額に入れ墨を』入れるための『針』の形からきているようだ」

「奴隷に入れ墨を……」

「京都・下鴨神社の近辺に、昔から『出雲路の幸神』の名で知られる小さな社がある。ここには、鬼門除けとしての『猿』の像が置かれている。元々は御所にあった物といわれているが、やはり『塞神』と『幸神』――猿田彦神を同一視していると考えて良いだろう。また『近江名所図会』には、日吉大社の大祭・山王祭の神幸図が載っている。そこには『幸神』の依り代である『幸の鉾』という名の三叉鉾が描かれていて、これは『早尾神』と非常に関係深い物だという」

「早尾神……」

「この神の正体は、素戔嗚尊、あるいは猿田彦とされている。ちなみに、御輿が渡御する時刻は『申の刻』だしね」

「申――」

「もう一方の『塞』の文字に関しては『邪霊をそこに封じこめる』『異族邪霊を封ずる呪禁(じゅごん)とするもので、わが国でいう「塞の神(さえのかみ)」にあたる』と、はっきり書かれている」

「塞の神は、ただ境界を守っているだけではなく、同時に自分たちも、その場所に封じ込められていたんですか」

「そういうことだろうね。だから、今の幸神を祀っている神社も、ただ単純に境界を守る『塞の神』という名前を『幸の神』に変えただけではない。良い文字に変換したと見せかけて、実は『手械』で縛った。塞の神たちが、ずっとその場所にいるようにという呪(しゅ)をかけた。盗人(ぬすっと)言葉で『庚申様』と言えば『数珠つなぎに縄打たれた罪人』のことだし、失せ物が見つかるようにと祈って庚申塔を縄で縛るという呪い(まじない)さえあったという。まさにこれなどは『庚申塔が、完全に盗人神扱いにされていた証拠』だと、沢史生も言っている」

えっ。

橙子の頭の中に、赤い紐で足を括り上げられた狛犬の像が浮かんだ。ならまちの御霊神社の狛犬だ。もともとは、あれも一種の「呪い(まじない)」だったのか――。

「つまり」と俊輔は言ってグラスを傾ける。「『絆(きずな)』だね」

「絆って……」

「この文字の本来の意味は、現在用いられている意味とは異なっていてね。『字統』によれば『すべてのものをつなぎとめること』であり、この文字が使われている熟語などには『細い紐状のものでまといからめて自由を失わせる』という意味を持つものもあると書かれている。それが本来の『絆』だ。また『幸神』も『こうしん』と読めるから、加藤くんからいただいた、この『括り猿』も」

俊輔はキーホルダーを手に取ると微笑んだ。

「まさに、猿田彦神を縛り上げていることになる」

「ああ……」

塞の神──幸神──庚申──道祖神──猿田彦神。

全てが繋がり、全てが猿田彦神に収束する。

そして我々は、その神を「縛り上げて」いる──。

啞然とする橙子の隣で、

「しかし」と誠也がそば湯割りを一口飲んで尋ねた。「今までの先生の説明では、庚申──あくまでもわが国の庚申──は完全に猿田彦神ということになってしまいます。今、加藤くんが言った『天帝』の件もありますし、さすがに素直には納得できません……」

「それは」橙子は声を上げた。「最初、私も思ったんです」

そして、全く自信も確信もなかったが、猿田彦神が庚申と深く関わっているのではないかと思った、という自説を述べる。但し、奈良町資料館や、仏教関係の寺院では、庚申に関係しているのは猿田彦神ではなく、あくまでも青面金剛だという話を聞いた。

庚申の神を追究して行くと、つまるところ『青面金剛』『三猿』『猿田彦神』という、三つの神仏に行き当たる──。

「ぼくも、そう思っている」俊輔は橙子の話に同意する。「わが国における『庚申』は庚申経に立脚しつつも、多くの人々の指摘を待つまでもなく、最澄や比叡天台宗によって『文化変容』させられてしまっている。『庚申の真言』も存在しているが、坂内龍雄によれば、あくまでも和製の物だという。また青面金剛は、飯田道夫によれば、

『金剛夜叉明王の俗称である、と私は考えている。

　おそらく実際には五大明王の他の仏と混同された』

　のではないかという。つまり、わが国における庚申は大きく紆余曲折しながら、三猿や猿田彦神に収まった感がある」

「そして、金神ですね」誠也が言った。「確かに金神は天台仏教的な神ではないですけれど、不吉な神ですよね。それが何故……」

「きみたちは、陰陽五行説を知っているね」

　二人を見て俊輔が唐突に尋ねる。

　橙子たちは一瞬、顔を見合わせた後、

「はい」と橙子が答えた。「それこそ、十干のもとになった説です。古代の中国で万物の根源物質と考えられていた『木・火・土・金・水』の『五行』を『陽―兄』と『陰―弟』に分けたもので、十二支と組み合わされて『十干十二支』となり、それこそ『庚申』も、そこからきていると……」

　その通りだ、と俊輔は首肯した。

「五行では、肝・心・脾・肺・腎の『五臓』や、春・夏・土用・秋・冬の『五季』や、青・赤・黄・白・黒の『五色』や、酸・苦・甘・辛・鹹――しおからいの『五味』など、さまざまに分類

されている。その中で『天干』『地支』という分類がある。それによれば『庚』も『申』も、両方共に『金』になる」

「両方ともですか」橙子は驚く。「ということは……庚申は、金の中の金」

「『庚』自体が『金の兄』だしね。しかも『五星』を見れば『金』の星は『太白星』だ。だから庚申は『金の神』『金物屋の守り神』とも言われた。庚申に関わる言葉の全てが『金』だから」

でも、と橙子は首を傾げる。

「現代では『金』は、とても価値ある物と考えられていますよね。それが不吉って——」

「もちろん『金』は重要だった。ちなみに『金は太陽に擬せられ、変化を司る水銀は満ち欠けする月に擬せられた』という説もあるほどだ」

「月が水銀、ですか」

「水銀も、道教を考える上で重要な物質だ。『練丹術』といって、不老不死の仙人になる霊薬を作るためには欠かせない物質だった。この話に関して深入りは避けておくが、この術は神仙方術の最高峰と考えられ、誰もが競って水銀入りの薬を服用した。そのために唐王朝の皇帝たちが何人も、水銀中毒で死亡してしまったといわれている。あの則天武后も、その一人だというし、唐だけではなく、わが国の貴族たちも水銀の服用で大勢が死亡したという」

俊輔はグラスを空けるとお代わりをもらう。ペースが上がってきた。そして、

「だが、水銀に関する話は別の機会にして——」

と言って話を戻す。

「肝心の金——金神に関してだが、たとえば、金星である太白星は鎌倉時代の史書『吾妻鏡』な

どによると、非常に不吉な星とある。そもそも宵の明星の金星、つまり『夕つづ』は、平安の昔には既に不吉なモノとして扱われていた。事実、当時の朝廷が最も恐れた星の名前が『書紀』に載っているのだから」

「それは？」

「星神・天香香背男（あまのかかせお）。天津甕星（あまつみかほし）だ。この神は、今も茨城県・大甕（おおみか）神社に祀られている——というより、封じ込められている。それほど、当時の朝廷が最後の最後まで手を焼いた神で、謀略によってようやく退治したという荒神だ」

「天津甕星……」誠也が言った。「『天にある大きな星』という意味ですか」

「その通り『大きなつつ』だな」

「つつ……」

俊輔の言葉に「あっ」と誠也が反応する。

「もしかして……筒男（つつのお）神などの『筒』という言葉もですか」

「もちろん。と言うより、むしろ『筒』だったから不吉と考えられたんだろう」

「そんな」

啞然とする誠也の隣で、橙子はキョトンとした顔で尋ねる。

「筒——が何か？」

ああ、と誠也は答えた。

「ぼくが参拝してきた住吉大社の主祭神は住吉三神、つまり『底（そこ）筒男・中（なか）筒男・表（うわ）筒男』たちなんだ……」

「え。住吉三神が不吉？」

橙子は首を傾げたが、その言葉を無視するように俊輔は続ける。

「さっきの『塩竈神』も同じだ。『塩土老翁（しおつちおじ）――塩筒老翁』なんだから。これらの神は全てが『金星』に関与していて、庚申様といわれる神の本来は南面する天帝、すなわち夜叉・鬼・金神だということだ。つまり――」


俊輔の言葉が突然止まった。

口を閉じ、眉根を寄せたまま視線を落として、微動だにしない。

橙子と誠也も声をかけず、ただ俊輔を見つめる。

何度か経験している。こんな時は言葉を発してはいけないことを、二人は充分知っていた――。


暫くすると、俊輔の右手が動いてそば湯割りを一息に飲み干した。そして、

「なるほどな……」

一人で頷くと橙子たちを見て、

「それで」と真顔で尋ねた。「どこまで話したかな」

橙子たちは苦笑いしながら、金神や太白星や金星が不吉という話でした、と告げる。そして、住吉大社の筒男神も――。

「ああ、そうか……」

俊輔はそば湯割りのお代わりを頼みながら、口を開いた。

「もともと不吉な星とされていた金星が金神となり、疫病神と考えられるようになった。いわゆる『瘟鬼』『えやみの神』だ。それが、やがて『庚申』と結びつく」

「実は、さっき先生がおっしゃった端午の節句の風習も、そう考えられていたようなんです」

橙子は二人に向かって言う。

元々は、疫病を祓ってくれていたはずの「猿」が疫病そのものである「疫病神」に変容してしまい「身代わり」として追い払われる立場になってしまった。実際、江戸川柳にも、生まれた男の子が疱瘡などに罹らぬようにという、五月五日・端午の節句の際の祈願の句である「身代わり猿」の句が詠まれた。

また、源順や、花山天皇が詠まれた歌に「葦舟」「柴舟」という言葉が見られる。「舟」は、疫病送りや人形流しに用いられるアイテムであるから「庚申」は「疫病」や「不吉」だというイメージが出来上がっていたのではないか。だからこそ、庚申の夜に身籠もった子供は泥棒や悪童になると言われ、庚申やその神使である「猿」自体までが「厄」と思われるようになってしまったのではないか——。

「庚申そのものが、不吉ということ?」

「それは……」

口籠もる橙子に代わって、俊輔が言った。

「『続日本紀』養老五年(七二一)の条に、時の元正天皇が詔を下したとある。その際に天皇は、『世諺に曰く、歳、申の年に在れば、つねに事故あり』

世間の諺に、申年には常に災いがあるというが、これは当たっているようだ——と言った」

「申年に、、、災い？」

「そうだ」

と答えて俊輔は、持参してきた文庫版の『続日本紀』を開いた。その手際の良さに驚く橙子たちに向かって「こんな展開になると予測して、用意してきたんだ」と笑うと、俊輔はページを開いて読み上げた。

「『去る庚申の年（養老四年）には、天の咎めの徴がしばしば現われ、洪水と旱魃が二つともおこり、庶民は流離して、秋の収穫は不作で、国中が騒然となり、すべての人が苦労した。そしてついには朝廷の模範の人物であった藤原大臣（不比等）がにわかに薨去し』

——云々とある。だが、実情はこれだけじゃない」

と言って俊輔は、二人を見ると続けた。

「養老四年（七二〇）の二月の末には、隼人が叛乱を起こして大隅の国守を殺害。ほぼ同時期に、百姓が耕田・労役を忌避して大量に逃亡した。その結果、貢ぎ物が極端に減ったため、朝廷の税倉は困窮する。五月には、ようやくのことで『日本書紀』の撰上を見たものの、今言ったように、最大の功労者である藤原不比等が発病し、八月に死亡してしまう。翌月に、不吉とされる日食が起こり、依然として隼人の叛乱が鎮定されていないにもかかわらず、今度は陸奥国で蝦夷が蜂起し、按察使——行政監察官を殺害にまで及んだ」

「確かにそれは」橙子は息を呑んだ。「凄いですね……。全くの偶然だと言っても、朝廷にとっては桁違いの災厄です」

「と言う以前に朝廷としては、庚申の年に災いが起こるかも知れないという予感や予断——それこそ『虫の知らせ』があったんだろう」

「と言いますと」

「もちろん、朝廷が庚申と同体とされる猿田彦神に対して、残虐な仕打ちを行ったからだ」

残虐な仕打ち――？

「それは一体、どんな」

身を乗り出す橙子を眺めて、俊輔は焼き味噌をつまむ。

「しかし、それは猿田彦神自身についての話になるが、加藤くんも当然調べているだろうから、そこから始めようか」

俊輔に言われては仕方ない。

「は、はい」

と答えて橙子は、つい昨日調べたばかりの知識を――緊張しながら――二人の前で披瀝する。

猿田彦神に関して『古事記』では「天（あめ）の八衢（やちまた）に居て、上（かみ）は高天原を光（てら）し、下（しも）は葦原中国を光す神ここにあり」と書かれ、天鈿女命（あめのうずめ）を使わして名前を尋ねると「僕（あ）は国つ神、名は猿田毘古神なり」と名乗った。そして、

「私がここに出ているわけは、天孫が降臨されると聞いたので（道を拓き）先導しようと思い、ここでお待ちしていました」

と言う。

ここから猿田彦神は「道開きの神」や「衢（ちまた）の神」と呼ばれるようになったのだが、このように、天孫降臨の際に瓊瓊杵尊を先導した地主神であり、その後に天鈿女命と結婚して伊勢に移ったの

は良いが「比良夫貝（ひらぶがい）」という正体不明の貝に手を挟まれて海に引き込まれ、溺死してしまう。

そこで飯田道夫は、

「なんといっても最大の謎は、この素姓もしれない神が多くの異称のもとに信仰されていることで、民間信仰においてだけならいざ知らず、伊勢神宮をはじめとする大社でも敬い祀られており、単に『道開きの神』とみていたのでは、とうてい理解できない」

などと書いているが、橙子もその通りだと感じた——。


「ぼくも、それらの意見に同感だ」俊輔は首肯する。「というのも『日本書紀』は猿田彦神を軽く扱っているが、それでも『天照大神』と同格の『大神』として登場させているわけだからね」

「はい」

と答えると橙子は続けた——。

江戸時代の国学者・平田篤胤（ひらたあつたね）は、猿田彦神は『出雲国風土記』に登場する佐太（さだ）大神と同じ神で、猿とは無関係であるとしている。また、神道研究者の戸矢学も「サルタヒコに動物の『猿』は無関係である」と言い、その理由として「猿」は「卑字」であると言っている。確かに「邪馬台国」や「卑弥呼」なども、全く敬意の感じられない呼称だ——。


「その点に関しても、同意できる」

俊輔は言ってグラスを空けると、すぐにお代わりを注文した。

「ぼくも、改めて猿に関して調べてみて驚いたんだが『猿』は、かなりの蔑称として用いられていた。いきなり『特に、ののしりに使う』とか『狡猾』『囚人』『密告者』とかね。酷いものには『淫婦』もあった」

と言って「風呂屋女」から「猿女」の話をした。

「えっ」

驚く誠也に「その話はまた後で」と告げて「猿」に関しての俗信・迷信を伝えた。

猿は非常に縁起が悪い動物であるどころか、噂したり夢に見たりするだけで、我々に災厄をもたらす。「猿の夢を見る」ことが身内に死人が出る前兆であることは、日本各地に言い伝えられている――。

それを聞いた橙子が、

「それって『金神』と同じじゃないですか。触れたり関わってしまったりした者たちに、不幸――死をもたらす」

と顔を顰めて尋ねた。

「確かにそうだね」俊輔は橙子を見た。「これも、改めて考えてみる価値はありそうだ。きちんと覚えておこうか……」

と言って一度指で顎を捻ると「そして」と続けた。

「その一方で『猿』は、魔除け・病気除けになったり、安産・子宝のお守りともなる。まさに、疫病を祓う『神』とみなされた。南方熊楠も、猿を『マシラ』とも呼ぶのは『優勝』という意味があったからだというし、同時に『魔が去る』とも読めるため『神猿』とも表記された」

「魔が去る……」

納得したように頷く橙子たちを見て俊輔は、

「そういう意味も籠めたのかも知れないが」

と言って、昔から「猿は馬を守る」という言い伝えがあると話した。但し、その意味は現在も全く不明。「これに納得できる説明を与えることは、実は今日でも」とても難しいとまでいわれている、のだと。

しかし、日光東照宮の「三猿」が神厩舎に飾られているのも、このような謂われがあるためだというし、事実、昔は馬の病を防ぐために、多くの厩で猿が飼われていたり、頭蓋骨を飾るという呪(まじな)いまであった。

その「猿による魔除け」として、猿を連れた人間がお祓いをしてまわった——。

「そしてこれが」俊輔は二人を見た。「猿まわしの起源だという」

「あの、猿まわしですか！」

「そうだ。新しい厩などでは、必ずと言って良いほど猿を連れて祈禱を行ったというし、柳田國男などは『猿まわしの正体は厩の祈禱師である』とまで言い切ったという」

その理由として、と俊輔は続ける。

「陰陽五行説で考えると、馬は『金』、猿は『土』になるため『相生(そうしょう)』の関係になり、守り神となった——という説もある。しかし『相生』というのは『木は火を生み・火は土を生み・土は金を生み・金は水を生み・水は木を生む』という関係だから、確かに相性は良いかも知れないが『「猿」が「馬」を生む』という話は——単なる例え話だったとしても、ちょっと考え難い。だから、この点に関しては」

俊輔は二人を見た。

「少し時間をくれないか」

「もちろんです」橙子は即答する。「どちらにしても、私には想像もつきませんので……」

そうですね、と誠也も頷いた。

「それこそ先生がおっしゃっていたように、日本なりの理由があったんでしょうから」

「ぼくも、そう思っている」俊輔はグラスを傾けながら言った。「そしてここが問題なんだが、飯田道夫によると、これらの猿まわしたちが祀っていた神こそ——猿田彦神だという」

えっ、と橙子は尋ねた。

「でもそれはもちろん『猿』と『猿田彦神』という名前が共通するからとか、そんな単純な理由ではないですよね」

「ぼくも、そう感じている。だからこの猿まわしの問題は、猿田彦神の観点からも、一度考え直してみたいんだ」

俊輔は焼酎のグラスを空けた。

しかし——。

やはり、猿田彦神に戻って来た。

今回はどこに話が飛んでも、最後は猿田彦神になるらしい。

「私……」

と言って橙子は、先日思ったこと、そして猿田彦神に関して調べたことを二人に告げる。

まず——。

猿という文字が「卑字」だとしたら、そして、猿田彦神という名称が後付けだったとしたら、彼の本来の名前は何だったのか、という疑問が湧く。

地名に見られるような「サナダ」や「サダ」と同じ語であるという説や、「サダ・サタには岬の意味があり、サルタヒコは岐（くなど）の神・サエの神と同じく岬などの境界を守る神である」という説。あるいは、「サダ」という言葉は、「サダル神」と同一で「先立ち・先導・導き」の意味を持っており「サルダとは琉球の古語で道案内を意味するサダルが転訛した言葉」という説や、日本各地に残る「サダ岬」が示すように「先端・先・岬」の意味も含んでいるという説などなど——。

しかし、全ての説に目を通した結果たどり着いたのが、

「その名称どころか、猿田彦神自体も、不詳」

ということだった——。

「これは……」誠也が嘆息しながら橙子を見た。「実にやっかいな話になってきたね」

「混沌の極みです」

「先生は、どう思われますか？」

視線を移して尋ねる誠也に、

「明らかに『猿田彦』という神名表記は万葉仮名ではない」俊輔は答えた。「もしも、その頃の表記であるならば『佐太比古』や『沙汰比古』となっていたはずだ。だからぼくは『猿田』は『サダ』から来ているんじゃないかと思っている」

「サダ――」橙子が言った。「先導・先端、あるいは、岬ですね」

　しかし、

「いいや違う」

　首を横に振る俊輔に、橙子は身を乗り出す。

「えっ。じゃあ、先生はどういう意味だと」

「蹉跎だ。躓いて進むことができない。不遇にして機会を失って志を遂げられないという意味だ。高知県に、足摺岬という場所がある。この『足摺』という言葉の意味は『怒りや悲しみ、くやしさのあまり、足で大地を踏みつける』ということだが、この岬の別名は『蹉跎岬』だったといわれている。そんな名前の持ち主が『サダ彦』――猿田彦神じゃないかな」

「でも、どうして猿田彦神が？」

「今言ったように、志半ばで殺害されているからだ」

「殺害って……誰にですか」

　もちろん、と俊輔はあっさり答える。

「天鈿女命に」

「そんな！」橙子は目を丸くした。「だって、仲の良い夫婦だったんじゃないんですか？　それこそ道祖神――庚申塔だって、猿田彦神と天鈿女命といわれていますし」

「それは、仲が良かった――と思われていた頃の記念碑のようなものだろうな。あと、猿田彦神と天鈿女命は、性的な意味での『男女』を代表する神だ。『おかめとひょっとこ』も、彼らがモデルとされているようにね」

「でも……先生は何を根拠に猿田彦神が殺害されたと」

「『記紀』にそう書かれているからだ」

「本当ですか！」

驚いて誠也を見たが、

「どこにですか」誠也も初めて聞いたようで、急いでパソコンを開いた。「確認してみます」

「確認するまでもないが、一応開いてみてくれ。猿田彦神に関する部分だ」

誠也はパソコンに視線を落とし、その隣から橙子も食い入るように覗き込んだ。

その二人の前で、

「『書紀』には——」

俊輔は暗唱した。

「『即ち天鈿女命、猨田彦神の所乞の随に、遂に侍送る』

つまり、天鈿女命は猿田彦神の要望に従って、最後まで送って行った、とあり、『古事記』では、瓊瓊杵尊が天鈿女命に向かって、

『猿田毘古大神は』

『汝送り奉れ』

猿田彦神は、汝がお送り申し上げなさいと命じたと」

「確かに」誠也は答えて顔を上げた。「そう書かれていますけれど、それが……」

「昔、誰かを『送る』と言ったら、その先は殆どが『あの世』と決まっていた。『流す』と同様にね」

えっ。

今話したばかりではないか。

〝「舟」は、疫病送りや人形流しに用いられるアイテムだ。「庚申」＝「疫病」＝「不吉」というイメージが、すでに出来上がっていたのだろう〟

先日読んだ資料にそうあったと。

「送るに関しては」俊輔は続けた。「『野辺送り』『サネモリ送り』『霊送り』などなど――つまり葬送だ。それこそ『広辞苑』にだって載っている」

「本当です！」今度は橙子が、自分の携帯を覗き込んで調べる。「『送る』の項目にあります。『葬送する。死者を墓地に運ぶ――云々』と。更に『万葉集』や『古今和歌集』でも！」

「そういうことだ。そして、天鈿女命にきちんと『送られた』結果、猿田彦神はどうなったのかと言えば――」

「『古事記』には」と誠也は、真顔になって画面を読み上げる。「『阿耶訶に坐す時、漁して、比良夫貝にその手を咋ひ合さえて、海塩に沈み溺れましき』

――阿耶訶におられた時、漁をしていてヒラブ貝に手を挟まれ、海に沈んで溺れてしまった、とあります」

「それで、天鈿女命は？」

「『ここに猨田毘古神を送りて還り到りて』――」

あっ、と橙子は息を呑む。

猿田彦神を「送って」自分だけは戻って来たということではないか。

「そもそも」と俊輔は続けた。「二メートルほどの身長があるという猿田彦神を海に引きずり込んだのは、従来、殻の長さが一メートルを超えるような、オオシャコ貝と解釈されてきた。しかし、海神文化研究者の富田弘子によれば、

『このシャコ貝は猿田彦が漁をしていた伊勢湾には存在し得ない』

という。これほど大きなシャコ貝の生息地は沖縄以南の熱帯太平洋中部や、インド洋の熱帯から亜熱帯海域の珊瑚礁の浅海であり、伊勢湾では全く生息していなかった、ということだ」

「えっ」

「更に言えば」息を呑む橙子の前で、俊輔は畳みかけるように続ける。「阿耶訶の地で、溺死はできない」

「どういうことですか？」

「民俗学者の谷川健一や、今の富田弘子も言っているが、猿田彦神が溺死した『阿耶訶』は、現三重県松阪市の小阿坂・大阿坂に比定される。しかしその場所は、断層崖の東麓に形成された複合扇状地の扇央部に当たっていて、

『海からはほど遠い山の麓に位置している』

からだ。ぼくも以前、実際に足を運んだことがあるし、国土地理院にも確認してみたが、やはりこの地は海が隆起して山になったという情報は得られなかった」

「じゃあ、どこから伊勢・阿耶訶の地という話が――」

「江戸時代、出口延経が広めたようだな」

「出口？」

「伊勢・豊受大神宮――つまり、外宮の神官だった人物だ。本姓は、度会氏で、代々外宮の神職だった」

「じゃあ、その時から『阿耶訶』は伊勢だと――」

「そういうことだろう」

「猿田彦神終焉の地を、どうしても自分たちの地元に持ってきたかったんですね」橙子は複雑な表情で頷いた。「気持ちは分からなくもないですけど……」

「また、これもいずれ詳しく説明する機会もあるだろうが、神徳や御利益というのは、その神が叶わなかった望みや、自分たちを襲った不幸が我々に降りかからないようにしてくれる、ということだ。若くして亡くなってしまった人間は『健康・長寿』の神となり、愛する人と悲しい離別を経験した人間は『恋愛成就』や『縁結び』の神となる」

そうだ。

采女神社でも思った。彼女は愛する人とも、そして子供とも「悲しい離別」を余儀なくされてしまった。ゆえに「縁結びの神」となっている――。

「ゆえに」と俊輔は続けた。「海で亡くなった人は『水難除け』や『海難除け』の神徳を持つ神となる。しかし猿田彦神は、海で溺死したと言われているにもかかわらず、その神徳には、海で溺死した者が必ずと言って良いほど持っている『水難除け』『海難除け』がない」

確かに、と橙子が頷いた。

「猿田彦神の神徳は『道開き』『延命長寿』『縁結び』『災難除け』などなどです。つまり彼は、海難事故で亡くなったのではなく、普通に――という言い方も変ですけど――殺されてしまったというわけですか」

「これに関しては沢史生も、猿田彦神は『アメノウズメとの愛欲に溺れ』てしまい『その命を断たれたのである』と書いている。つまり猿田彦神は、天鈿女命に、すっかり『溺れ』てしまったということだろうな」

しかし、と誠也が顔を顰める。

「それが事実だったとして、天鈿女命はそんなに冷酷な女性だったんでしょうか。今も芸術の神として、多くの人々に崇められているというのに」

「『古事記』で、今の続きの部分を読んでごらん」

あっ、と橙子は声を上げた。

「そういえば――」

と言って、まさに先日、疑問に感じた部分を二人に告げる。

天鈿女命は、猿田彦神を「送って」帰って来た時、ただちに大小あらゆる魚類を集めて彼らに向かい、

「おまえたちは、天つ神の御子の御膳としてお仕え申し上げるか」

と問い質した。そこで、多くの魚が「お仕え申しましょう」と返答した中で、海鼠だけは答えなかったので、天鈿女命は、

「この口や答へぬ口」

と言い放ち、小刀でその口を裂いてしまった――。

「この、天鈿女命の豹変に違和感を覚えたんです。でもそれは、朝廷に媚びざるを得なかったからではないか……とも思いました」

「このエピソードから、二つのことが読み取れる」

俊輔は、指を二本立てた。

「まず一つ。天鈿女命は、猿田彦神が死んですぐに『魚』たちを集めた。ということは、猿田彦神は彼らを統べていた人物だった」

「魚たちというと……」誠也は尋ねる。「つまり『海神（わだつみ）』ということですか」

「その通り」俊輔は首肯する。「猿田彦神は、間違いなく海神たちの主（あるじ）だった。だからこそ、彼の部下であった海神たちが呼び出されたわけだ。海神の主に仕えていた者たちがね。そしてもう一つ――」

俊輔は指を折る。

「猿田彦神が海神たちの主とすれば、ますます海で溺れるなどと考え難い。簀巻きにされて流されたか、あるいは殺された後に放り込まれたというのなら別だがね。まあ、どちらに転んでも、猿田彦神は大怨霊になっていておかしくはない」

身震いするようなことを言う。

おそらく、と俊輔は続けた。

「初めからとは断定できないし、またいつからとも断定できないが、彼女はそういう密命を帯びて、猿田彦神の妻神になっていたんだろうね」

「そうであれば……余りに酷い話です。とても考えられません……」

「考えられないと言えば『古事記』に、こんな話も載っている。天鈿女命の末裔である『猿女君』たちには、志摩国で獲れる海の幸の初物が与えられたとね。厚遇という言葉などでは言い表せないほど、通常ではとても考えられない待遇だな。堀越くん、念のために『古事記』を確認してみてくれないか」

「は、はい」

俊輔の言葉に誠也は、あわててパソコンで検索した。そして、

「今の話の続きの部分ですね」

と答えた。

「『ここをもちて、御世島の速贄献る時、猨女君等に給ふなり』と書かれています。これによって、御代ごとに志摩国から初物の魚介類を献上する際には、猿女君たちに分かちくださった——と。これは凄いことです！」

顔を上げた誠也に向かって「そうだ」と俊輔は言った。

「朝廷の『新嘗祭』のように、初物を真っ先に味わうことは、当時の朝廷人たちの特権であり権威の誇示だった。それにもかかわらず貴人たちに先んじて、一般人であるはずの『猿女君』たちに与えられた。何か余程の理由——しかも、公には書き残せないような理由——がない限り、こんなことはあり得ない」

「確かにその通りです」誠也が硬い表情で首肯した。「つまり、彼女たちの祖先である天鈿女命が、それほど大きな『功労者』だった……」

「そういうことだな」

頷く俊輔の前で、橙子は複雑な気分で頭を振った。

しかしこれでは――。

猿田彦神は、余りにも散々ではないか。

本当にそんな境遇の神だったのか。

不遇で、機会を失って、志を遂げられなかった神で、最後は「愛する妻」に殺された？

それで「蹉跎」。

そういえば……。

橙子は、何か得られるかと思って猿田彦神関連の神社を調べたことを伝える。

「出雲に、猿田彦神を祀っている佐太神社という社があるというんですけど――」

と言って、かいつまんで話す。

出雲大社に次ぐ「出雲国二の宮」であり、江戸時代の国学者・平田篤胤は、祭神の「佐太大神」は猿田彦神であると唱えた。近くには、佐太大神＝猿田彦神が誕生したといわれる洞窟まであり、あのラフカディオ・ハーンも訪れたという――。

すると、

「それは、平田篤胤の方便だろう」俊輔は言った。「たまたま佐太神社に個人的な知り合いがいたから、以前にぼくも色々と尋ねたことがある。すると、昔、神社同士の争いや、明治新政府などとの関わり合いもあって、佐太大神は猿田彦神であるとしたらしい。佐太神社としては、『佐太大神はあくまでも佐太大神』なのだと主張したようだが、神社存続のために、猿田彦神の名前を使わざるを得なかったと言っていた。ちなみに、ハーンは、今きみの言った洞窟――『加賀(かが)の潜戸(くけど)』において、佐太大神のことに一言も触れていない」

「そうなんですか」

「つまり佐太神社は、自分たちの祀っている佐太大神は猿田彦神とは別の神であると充分承知していながら、明治政府のもとで生き残るために、仕方なく猿田彦神と同神としたらしい」

「そういうこともあるんですね」橙子は複雑な表情で頷いた。「では、伊勢の猿田彦神社が、本当に猿田彦神を祀っているんでしょうか。天鈿女命を祀っている『佐瑠女(さるめ)神社』もありますし」

「猿田彦神は、そもそも伊勢の神――地主神だからね」

「伊勢ですか」

「堀越くん」と俊輔は誠也を見た。「『書紀』皇極天皇四年の条を見てもらえないか」

「は、はい」

誠也は急いでパソコンを開き画面に呼び出すと、

「ここですね」と言って読み上げた。「皇極天皇四年――。

『四年の春正月(むつき)に、或いは阜嶺(おかたけ)に、或いは河辺に、或いは宮寺(みやてら)の間(あいだ)にして、遥(はるか)に見るに物有り。而(しこう)して猴(さる)の吟(さまようおと)を聴く。或いは一十許(とおあまりばかり)、或いは二十許(はたち)。就(ゆ)きて視(み)れば、物便(ものすなわ)ち見えずして、尚鳴き嘯(うそむ)く響聞(おときこ)ゆ。其の身を観(み)ること獲(う)るに能(あた)はず。時の人曰(い)はく、「此(これ)は是(これ)、伊勢大神の使(みつかい)なり」といふ』」

「……つまり?」

尋ねる橙子に、誠也は現代文に訳して答える。

「四年の春一月、丘の峰続き、あるいは河辺、あるいは宮寺の間に、遥かに見えるものがあり、猿のうめくような音を聞いた。ある時は十ばかり、ある時は二十ばかり。行って見ると、物は見えなくて、なお、うそぶく——獣の鳴き声が聞こえた。しかしその姿を見ることは出来なかった。時の人々は、『これは伊勢の大神のお使いである』といった。

——ということだね」

「猿が、伊勢の大神のお使い……ですか」

「意外と知られていないようだが」俊輔は言った。「『書紀』にもこうして書かれているように、実は有名な話だ。だから昔は、正月になると伊勢神宮・内宮外宮共に、猿舞が演じられていたらしい。柳田國男は、カッパの正体は猿である、という説を立てたそうだが、先ほどのように『天照大神＝河伯＝河童』とするならば『河童＝猿』という説も成り立つかも知れないね」

俊輔は笑ったが、更に橙子は尋ねる。

「では、やはり伊勢の猿田彦神社が、猿田彦神を祀る本社だと？　でも、昔は社格のない神社だったと書かれていましたけど……」

「猿田彦神社は、宇治土公氏——昔は『うじのつちぎみ』と読んだ——の一族が宮司を務めている。この宇治土公氏は、猿田彦神の子孫を自称していて、それに関してもさまざまな議論があるんだが、今は深入りしないでおこう。ただ、この猿田彦神社の創建は、明治初年なんだ」

「明治って」橙子は絶句する。「そんなに新しいんですか」

「明治維新の際に、宇治土公氏が家内神として祀っていた神を奉祭したといわれている。そもそも宇治土公氏が猿田彦神の子孫といわれるようになったのは鎌倉時代以降だから、猿田彦神社が猿田彦神を主祭神に据えた話も、当然、それ以降になるね」

「では！」橙子は身を乗り出してしまった。「猿田彦神を祀る本社は、存在しないんですか？」

いいや、と俊輔は首を横に振った。

「やはり、椿大神社（つばきおおかみのやしろ）だろう」

「ああ、鈴鹿に鎮座しているという……。伊勢国一の宮ですね」

「一の宮？」今度は誠也が尋ねた。「伊勢国の一の宮は、伊勢神宮じゃないんだ」

はい、と橙子は頷いた。

ここは先日「謎が深い」と感じた部分だ。

「伊勢神宮は別格なんだそうで、伊勢国一の宮は、今の『椿大神社』と、やはり名称は同じ『ツバキ』なんですけど『都波岐奈加等（つばきなかと）』神社です」

「一の宮が、二つ？」

「志摩国一の宮も二つありますから……全くの例外という訳ではないんでしょうけど、とても不思議です」

「ちなみに、何という神社なんだい」

「ええと……」橙子はノートを開いてページをめくった。「伊勢神宮別宮の『伊雑宮（いざわのみや）』と、やはり同じような名称の『伊射波（いざわ）神社』です」

「……聞いたことがないな」

と誠也が答えた時、

「そうか」と俊輔は笑った。「実に面白い」

「えっ。何がでしょうか――」

尋ねる橙子に俊輔は、

「きみたちは、本当に心躍る話を聞かせてくれる。日々、つまらぬ仕事に追われているぼくにとっての清涼剤だ」

「は。どういうこと――」

キョトンとする橙子の言葉を遮ると、

「それに関しては、後で改めて話そう」

俊輔は話を戻した。

「この椿大神社は、飯田道夫も、

『一般にこれ（猿田彦神社）を猿田彦神社の総本宮とみなしているが、実はそうではなく、鈴鹿山本の椿大神社がそうであるらしい』

と書いているし『伊勢参宮名所図会』にも、伊勢は猿田彦神の土地であり、五十鈴の宮の地――伊勢神宮の地を奉って引退したと書かれている。そして『御鎮座より以前の地主の神なれば、伊勢国一宮都波岐大明神と崇め奉る』とあるからね。そして、椿大神社・都波岐神社は、共に『神名帳（じんみょうちょう）』に名前が載っている」

でも、と橙子は尋ねる。

「それほど歴史が古いのなら、どうして『猿田彦神社』と名乗っていないんですか」

「元々は、猿田彦神の名を名乗っていたようだが、崇神（すじん）天皇の頃に、その神名使用を禁じられたらしい」

「崇神天皇――」

はつくにしらすすめらみこと……。

わが国の黎明期ではないか。その話が真実だとすれば、明治などと比較するまでもなく、とんでもない歴史を持っている。

唖然とする橙子の隣で、

「でも……」誠也が尋ねた。「猿田彦神を名乗れなくなったとして、どうして『椿――ツバキ』などと」

「庚申の際に供える花は『赤い花』――椿だったという説もあるし、また沢史生によれば『つばく』ではなかったかという」

「つばく？」

「つばを吐いて、魔除けにするという意味だ。崇神天皇の御代では、猿田彦神が、それほど恐れられていたということだろう」

「なるほど」

しかし、と俊輔は意味ありげに二人を見た。

「これら、どこの神社でも、天鈿女命は猿田彦神と相殿（あいどの）にはなっていない。猿田彦神社では鳥居の外、椿大神社では境内といっても、少し離れた場所に祀られている」

「ああ……」

頷く誠也の前で、

「だが、どちらにしても」と俊輔は続ける。「伊勢に関する全ての人間が『磯部（いそべ）氏』に繋がるんだよ」

「磯部氏と言うと」

「磯部氏は、伊勢・志摩地方を本拠地とした古代の豪族だ。さっきの伊雑宮の鎮座地も志摩磯部(いそべ)だし、伊勢神宮・外宮の神官である度会氏も磯部氏の出で、古くは磯部氏を称していたという。また、内宮の神官・荒木田(あらきだ)氏も、磯部氏の出と考えられる。そして、宇治土公氏も磯部氏の流れらしい。この『磯部』について、神道学者の真弓常忠(まゆみつねただ)は、そのルーツを探れば『安曇磯良(あずみのいそら)』にたどり着くと言っている。この磯良は、白太夫とも呼ばれた」

「白太夫って――」橙子は叫んだ。「確か、猿田彦神の別名」

　その通り、と俊輔は首肯する。

「大分県・宇佐(うさ)神宮関連の百体(ひゃくたい)神社の祭神ともいわれている。この百体社は、海人(かいじん)――つまり隼人を祀っている」

「確かに」橙子は頷いた。「『百』と『白』は同じ文字と言われていますから……」

「そして、この国東半島では『庚申信仰』が非常に盛んだった」

　全てが徐々に繋がって行く。

伊勢――猿――猿田彦神――宇佐の海神

「やはり猿田彦神は」俊輔は言った。「さっき言ったように、天照大神と同格の『大神』で、海神や隼人たちの王だったんじゃないかな。だから、科学ジャーナリストの藤井耕一郎は、

『サルタヒコは「国譲り」と呼ばれる〈政権交代〉の当事者として、大国主以上に何か重要な役割を果たしていた可能性もあながち否定できないのである』

とまで言っている。つまりこれは――」

再び俊輔の言葉が止まった。

そして、遠くを見つめながら指で顎を捻る。

橙子たちが静かにグラスを傾けていると、暫くして、

「丸一日猶予をくれないか」

俊輔は言った。

「猶予というと――」

驚く二人に向かって、

「調べたいことができた。明日、大学関係の煩わしい仕事をさっさと終わらせて、図書館をまわろうと思う。母校の図書館と、国会図書館や公文書館を。だから、きみたちの都合さえ良ければ、また明後日の夜に会おうか」

「私は全く問題なく」

きっぱりと言い切る橙子に続いて、

「ぼくも大丈夫です」誠也は笑った。「というより、どうしても先生のお話をお聞きしたい。このままでは終われません」

「それでは……」俊輔は言う。「場所は、そう、この近所の居酒屋の『なかむら』はどうかな。あそこなら、たとえ朝まで居座っていても怒られないから」俊輔は笑うと、言った。「ひょっと

すると、堀越くんの話に直結してきそうな予感がある」

「えっ」誠也は目を丸くした。「猿田彦神が、天皇家の皇位継承の件にですか！　それはまた、どうして」

「あくまでも『予感』だがね」

俊輔は——もう何杯目だろう——焼酎を空けると、

「じゃあ今日のところは、鴨せいろか天せいろで仕上げるとしようか。明日は、きみたちのおかげで久しぶりに充実した時間を過ごせそうだ」

二人を見て微笑むと、手を挙げて店員を呼んだ。

《十月十七日（金）癸亥・五墓》

「あすだよ。あすになれば自然にわかってくるよ」
『三人ガリデブ』

〝しかし、これは……〟

俊輔は自室の机の前で腕を組み、唸り声を上げてしまった。

重ねた資料の横に置いた、冷酒をなみなみと注いだグラスをゆっくり手に取ると、一口飲む。純米吟醸酒の馥郁たる香りが鼻孔に広がり、少しだけ気が落ち着いた——。

誠也と橙子たちに言った通り、今日は午前中に煩わしい雑用を片づけ——波木祥子に、どうなさったんですか？　と不思議がられて——昼から図書館に籠もって調べ物に没頭した。

引っかかっていた細かい点を確認し、それらは殆ど俊輔の直感通りだったのだが、最終結論が——しかも自ら導いた結論が——未だに信じられないのだ。

そこですぐさま、俊輔の出した結論と同じようなことが書かれていないかと、さまざまな論文を探し、あるいは一般書でも無いのかどうか、余り得意ではない図書館のパソコンまで駆使して調べてみたが、予想通り一つも見当たらなかった。

俊輔が達したのは、それほどまでに荒唐無稽なものだった。

いや、今まで感じてきた齟齬や矛盾点を一つずつ潰していくと、誰でもこの結論に達するはず。

だがこれは……。

〝確かに、世に出ないな〟

俊輔は苦笑しながら嘆息すると、例のメモ書きを手に取って目の前でひらひらと振った。


「猿に関して調べるのは止めよ。危険」


少なくともこの人物だけは、この事実を承知していたらしい。

俊輔は苦笑いしながら、日本酒を一口飲む。

そして再び資料を、そして自分の導き出した結論を見た。明日の夜、彼らに会うまでに、もう少し他の資料にも当たっておこう。傍証は少しでも多い方が良い。

だが、それにしても……。

先月の「采女」といい、今回の「庚申——猿田彦神」といい、あの女性——加藤橙子は、大変な問題を持ち込んでくる。

俊輔は、今度は楽しそうに笑うと、グラスに口をつけた。

＊

誠也は自宅でパソコンを開いたまま、頭を抱えた。

もちろん週明けに迫った、天皇家の皇位継承に関する意見発表会のことだ。

というより、果たして有益な解答が出るのだろうか。

この「男系・女系天皇」問題の最大のネックは、先日も思ったように、今までの皇室の歴史の中に、女性天皇は存在していても「女系天皇」が一人もいらっしゃらないという点。それによって、女性天皇までもが認められづらくなってしまい、結局は皇室典範にあるように「男系男子」という選択肢のみになってしまう。

だからといって「男系男子」にこだわることは——素直に現状を鑑みれば、かなり無理がある。遠い未来に、男子・女子を産み分けられるようになる……などというSFチックな状況になれば別だろうが、それはそれで「不敬」な話になってしまう。

女系天皇がどなたか一人でもいれば別なのだが、現状ではどう転んでも無理だし、それが問題を複雑にしてしまっているのだ。遠山教授のように「男系男子のみ」と言い切ってしまえれば、むしろ楽なのかも知れないが。

しかし、それにしても——。

誠也は軽く頭を叩いて思考を切り換える。

昨日の俊輔の話は、一体何だったのだ。

庚申——猿田彦神から始まり、その猿田彦神が后神であった天鈿女命（あめのうずめ）に暗殺され……。

いや、それは確かに衝撃的な話だったのだが、それが現在世間を騒がせ、また誠也を悩ませている、天皇家の皇位継承問題に繋がる？

とても想像できない。

しかも「道教」とも絡んでくるらしい。皇極天皇の御世に、わが国にもたらされたという民間信仰で、天皇でさえも信奉者となった——。

〝天皇……〟

そのフレーズに、誠也は引っかかる。

あわててパソコンのキーを叩いた。

〝ちょっと待てよ〟

神功皇后だ。

確か彼女は。

画面を覗き込む。やはりそうだ。

神功皇后は、

『常陸国（ひたちのくに）風土記』

『摂津（せっつ）国風土記』

『播磨（はりま）国風土記』

などなどには「天皇」と記載されている。

息長帯比売（おきながたらしひめ）の天皇、すなわち神功天皇と。

これらの記述を信じるならば、日本初の女帝は推古ではなく「神功天皇」になる。

確かに、その確率は非常に高い。

しかも、日本国全軍を率いて半島に乗り出している。そして『日本書紀』でも、丸々一巻を費やして、その功績を讃えている。非常に可能性は高い。それを水戸光圀の『大日本史』などが否定しただけ。素直に考えれば「神功天皇」で良いのではないか。

そもそも仲哀天皇崩御後、約七十年間も天皇不在ということがあり得るのか。

光圀たちは、一体何が問題だと考えたのだろう。

これも明日、俊輔に尋ねてみよう。

〝しかし……〟

それが庚申や猿田彦神と繫がるとでもいうのだろうか？

まさか、誠也が悩んでいる皇位継承問題にまで？

誠也は何度も頭を大きく振る。全く想像もつかない。

また「猿」といえば、俊輔が言っていた「厩猿」の風習。

あれは一体、何なのだ。

みんなバラバラで、全くまとまりがつかないではないか。

俊輔の頭の中では、綺麗に繫がっているのか？

〝どういうことなんだ……〟

誠也は一つ大きく嘆息すると、パソコンを閉じた。

＊

もう何度目だろうか。

橙子は枕元の目覚まし時計を手に取って眺めると、溜息を吐いた。

午前〇時少し前。

日付が変わろうとしているのに、まだ寝つけない。

明日の夜に俊輔たちと会うことばかり考えてしまって、少しうとうとしては、すぐに目が覚めてしまう。これでは、遠足前夜の小学生と同じではないか――。

橙子は布団を蹴って起き上がると、リビングに向かった。

買い置きの赤ワインをグラスに注ぎ、カマンベールチーズを一切れ。テーブルの前に腰を下ろすと、一人、グラスを傾けた。

ふと、テーブルの上に置いたままの赤い括り猿のキーホルダーが目に入る。橙子は、それをつまみ上げる。

全てはこの、頼りなく揺れる可愛らしい括り猿から始まったのだ――。

六十日に一度の「庚申待ち」。

見ざる・言わざる・聞かざるの「三猿」。

三戸の虫の「庚申信仰」。

そして、庚申の日には「北を向いて蒟蒻を食べる」「大根を食べる」更には「昆布を焼いてはいけない」などという、現在も残っている意味不明な迷信とも思われる風習。

また、この「三猿」や、ならまちの「括り猿」、帝釈天の「はじき猿」など、庚申様のお使いとされる「猿」が余りにもぞんざい——というより、冷酷で酷い扱いを受けている。

そして。

庚申のもとになった道教そのものも、今も日本に深く浸透しているのだが、なぜか殆ど認識されていない、という話。

道教が基となっていた「節分」「桃の節句」「端午の節句」「七夕」や「てるてる坊主」や正月の「屠蘇酒」、更には「河伯——河童」までも。そんな風習だけでなく、道教自体も、神道や仏教によって覆い隠され、換骨奪胎されてしまった。

しかし昨日の俊輔の様子では、ここにも何か理由がありそうな雰囲気だった……。

そして、それら全てに関与しているという、

〝猿田彦神——〟

橙子は、括り猿を眺めるとワインを一口飲み、胃の辺りがほんのり暖かくなるのを感じながら思う。

猿田彦神といえば、今までは単に瓊瓊杵尊を先導した「道開きの神」で、芸能の神・天鈿女命と夫婦になった幸せな神だとばかり思っていた。ところが実際は、朝廷から忌み嫌われ、妻神・天鈿女命に暗殺され、怨霊となっているであろう神だったとは——。

そうなってくると、山崎闇斎たちの言うように「申」と「猿」の文字が共通しているからという単純な理由だけで、猿田彦神が庚申に関係しているとは、とても考えられない。

ではどうして？

橙子はまだ、その理由は分からないが、とにかく、

庚申――金神――幸神――塞神――道祖神――猿田彦神

という、どことなくおどろおどろしい図式が出来上がった。

しかも、金神だけではなく庚申そのものも『続日本紀』などによれば、朝廷では「不吉」と考えられていたという。当然、猿田彦神も不吉な神と考えられていた。俊輔曰く「大怨霊になっていておかしくはない」神なのだから。

そこで、庚申と猿田彦神が結びついたのか。

〝だから、こうして括られてしまったの？〟

橙子はキーホルダーに向かって問いかけたが、赤い着物を着てゆらゆら揺れるだけ……。

しかし、ここで一つ大きな問題がある。

というのも「庚申」は「天帝」――わが国で言う「天皇」ともいわれているから、この図式で行くと猿田彦神が「天皇」になってしまう。

更に俊輔は、猿田彦神は昔から「太陽神」と呼ばれていたと言っていた。そうなると、やはり猿田彦神は「天帝」で「天皇」？

この点に関しては、誠也もおかしいと言っていたし、さすがに俊輔も口を閉ざしてしまっていたが、これについてもきっと話してくれるだろう。

その上俊輔は、これらの話が、現在世間を騒がせ、そして誠也が悩んでいるという、天皇家の皇位継承問題に直結しそうだとも言っていた。

やはり「天帝」の話が関係してくるのか……。

もう、橙子の思考能力の限界を超えている。

午前〇時過ぎのワインのせいか、それともこの複雑怪奇な「庚申」のせいか、頭の中が混沌としてきて、やっと眠気を覚えた橙子は、グラスに残っているワインを飲み干しベッドに向かう。

何度考えても、これらの話が、どこでどう繋がるのか理解できない。

だがそれも、全ては明日の夜――いや、もう今夜――になれば明らかになる。

ぼんやりとそんなことを思いながら、橙子はベッドにもぐり込むと、ようやく眠りに就いた。

《十月十八日（土）甲子・天恩》

ホームズは寛大な微笑をうかべていった。
「これを記録簿に綴じこんでおきたまえ。いつかは真相を語るときもあるだろうよ」

『隠居絵具屋』

橙子は約束の時間より早めに四ツ谷駅に到着した。

そのまま「なかむら」に向かい、店に入ると店員に「小余綾先生と待ち合わせています」と告げて、静かな四人席を案内してもらって腰を下ろす。

この店は「居酒屋」とうたっているが、洒落た小料理屋の雰囲気なので、食事をしながらゆっくり話ができる。また、俊輔が店主と、すっかり顔なじみになっているため、冗談めかして言っていたように――朝までは無理としても――気を遣うことなく長居できる。

橙子が一昨日までの話を書き記したノートに目を落としながら、そろそろ飲み物だけ頼もうかと思っていると、ガラガラと入り口の戸が開いて、誠也が姿を現した。店内を見回して橙子に気づくと、資料やパソコンを抱えたまま足早にテーブルまでやって来た。

俊輔が来る前に「復習」しておこうというのだろう。どうやら、橙子と同じ考えらしい。

「やあ、きみも早いね」

誠也は笑うと、店員にやがて俊輔が来ることを伝え、二人分の生ビールを注文しながら橙子の隣に腰を下ろす。

「昨日は一日中、今夜のことを考えてしまったよ」

誠也は言ったが、それは橙子も同じだったと返答する。

「しかも全ての話が、今ぼくが悩んでる皇位継承問題に『直結』してくるかも知れないなんて言われた時には、本当に驚いた。庚申——猿田彦神の話が、どうして天皇家の問題と繋がるというんだ」

「全く想像もつきません」橙子は首を大きく横に振る。「猿田彦神は、天皇側の神ではなく、あくまでも彼らを先導した神ですから——」

それに続いて、猿田彦神が暗殺された話、そして神功皇后の話などを交わしていると、やがて俊輔が姿を現した。

にこやかに笑いながら店主と二言三言交わすと、橙子たちのテーブルにやって来る。二人の前に腰を下ろし、すぐに俊輔の生ビールが届くと、銀杏、かんぱちの刺身、地鶏の山椒焼き、穴子の白焼きなどを注文し、改めて三人で乾杯した。

すると俊輔はいきなり、

「昨日今日と時間が取れたおかげで、ようやく猿田彦神の全貌をつかむことができた」

あっさり言う。

「本当ですか」橙子は、いきなり声を上げてしまった。「多くの研究者たちが、皆途中で投げ出してしまっているのに」

ああ、と俊輔は答える。

「但し今回も、とんでもない結論に達してしまったようだ。研究者たちが、途中で投げ出した理由も、分かった」

「その理由も！」

ああ、と俊輔は頷いた。

「ぼく自身も、自分で導き出した結論を何度も疑ったからね。そしてぼくがもらった、猿に関して調べると危険——というメッセージの意味も分かった。これは、本当に危険な話だ」

「えっ。では今回は……」

橙子の危惧とは真逆に、

「全部、話そう」俊輔は言うと、生ビールをゴクリと飲んだ。「折角、大変な解答にたどり着いたんだからね」

「先生さえ構わないのであれば、ぜひ」

「ここできみたちと飲みながら話している分には、何の問題もないだろう」

俊輔は笑った。

「ということで、今夜は堀越くんが足を運んだ住吉大社——住吉大神の話から入るとしよう」

「は？　住吉大神ですか」

怪訝な表情を浮かべた誠也に、俊輔は真面目な顔で言った。

「住吉神社に関しては、実は神戸の『本住吉神社』が総本社だという説もあって、いわゆる『本家争い』になっているようだが、今は関係ないからこのまま行こう。それで、堀越くんは折角参拝してきたんだから、何を見て来たか説明してくれないか」

はい、と答えて誠也は簡潔に説明する。

住吉大社は大阪——摂津国一の宮であり、全国二千社余りの「住吉神社」の総本社。境内約三万坪ともいわれる広大な敷地内には、主祭神として、

第一本宮・底筒男命

第二本宮・中筒男命

第三本宮・表筒男命

第四本宮・息長足姫命・神功皇后

が（独特な社殿配置で）祀られている。

大社の由緒は、住吉大神の神託を受けた神功皇后が、この地に祀った。ちなみにそれは、皇后の摂政十一年辛卯の歳（西暦二一一年）で、その関係なのだろう、手水舎では大きな兎の石像から流れ出る水で手を清めるようになっており、更に「卯は大社の神使」と書かれた資料もあった。

「ただ、ここは逆で」誠也は言う。「神功皇后が、敢えて『卯年卯月卯日』に創建したのではないかと思いました。皇后にとって『卯』に何か思い入れがあったんでしょう。その意味までは分かりませんけれど——」

と、誠也が大社で感じた感想をそのまま述べると、

「住吉大社の祭神は、言うまでもなく全員が『海神（わだつみ）』だ。となれば当然『卯』に関係してくる。『卯』は、富田弘子も言っているように、そのままで『鵜（う）』——鵜飼（うか）いの鵜だからね」

「鵜飼い……」

「鵜飼いを日本で初めて行ったのは、安曇磯良（あずみのいそら）や猿田彦神たち——つまり安曇族や隼人（はやと）ら、海神たちだった。そのため『鵜』といえば、誰もがすぐに住吉大神の筒男を初めとする多くの海神たちを連想した」

「猿田彦神や住吉大神ですか……」

「彼が自ら行ったかどうかは分からないが、少なくとも猿田彦神たちの仲間や、磯良たちは行っていたのは間違いない。きみたちは『君が代』を知っているね」

「は？」橙子は俊輔を見た。「国歌の『君が代』ならば、もちろん訊かれるまでもなく。君が代は千代に八千代に……ですよね」

「では、二番の歌詞は？」

「二番といわれても……そんなもの、あるんですか」

「実は『君が代』の歌詞は三番まであるんだが、三番の歌詞は色々と変遷してしまったようで定まっていない。だが——鵺（ぬえ）退治で有名な源頼政（みなもとのよりまさ）の歌という——二番の歌詞はこうだ。

君が代は　千尋（ちひろ）の底のさざれ石の
　鵜のゐる磯とあらはるるまで

——とね」

「鵜のいる磯と……」

ああ、と答えて俊輔は生ビールのグラスを傾ける。

「もともと『君が代』は、安曇磯良を讃える歌だった。それが明治期以降、事実上、わが国の国歌となったんだ。ゆえに『鵜』に象徴される海神を言祝ぐ歌詞になっているわけだ。当然それは頼政始め、当時は誰もが知っていた」

「そういうことだったんですか……」

呆然と応える橙子に、俊輔は「そうだよ」と言ってから、誠也を見た。

「しかし、住吉大神の神徳が少し問題だ」

「実にそうなんです」誠也が間髪を入れず応えた。「『航海安全』や『天下太平』や『武の神』は、素直に納得できますが、その他に『安産』と『和歌の神』というものがあったんです」

と言って、以前に俊輔から聞いた「神徳」の話を繰り返す。

神は、自分が叶わなかった望みや、自分たちを襲った不幸が我々に降りかからないようにしてくれる。それが神徳であり、御利益。若くして亡くなってしまった人々は「健康長寿」「病魔退散」の神となり、愛する人と無理矢理に離別させられた神は「恋愛成就」「縁結び」「家庭円満」の神となっている。ゆえに海を治め、同時に海で亡くなったであろう海神たちの神徳は「水難除け」や「海難除け」となる。

これらは、時と共に多少変遷してはいるが、根本的にはそういうこと。しかし、住吉大神の神徳にある「安産」と「和歌の神」が謎。

「安産？」

首を捻る橙子に、誠也は説明する。

「いや、これはまだ納得できるんだ」

この神徳は、同じ境内に祀られている神功皇后が、三韓征伐の際に産み月をわざと遅らせるという「難産」をした結果、応神天皇を産んだと言われていることからきているのだろう。

ところが、住吉大神が「和歌の神」として奉斎されてきたという点は、全く理解できない。住吉大神が白髪の老人姿で現れ、和歌で託宣をしたからともいうのだが、実際にその歌が残っているのかと言えば聞いたことがないし、神が詠まれた歌も、殆ど世に残っていない。

「普通は」と、誠也は訴えるように言う。「そんな『神』と呼ばれるほどの歌人であれば、柿本人麻呂を例に出すまでもなく、膨大な数の歌が現代まで残されているはずです。けれど住吉大神の作と思われる歌は『万葉集』に、数首取られているだけで、人口に膾炙されているほど有名な歌は見当たりませんでした。なのに、どうして住吉大神が和歌の神と呼ばれたんでしょう。もちろん、住吉大社の周囲が『白砂青松』といわれるほど、美しい歌枕の地だったことは知っていますけれど、単にそれだけの理由だったとは思えず……いえ」

誠也は続ける。

「住吉大神は『白髪の現人神』『白髪の荒神』『白鬚大明神』とも呼ばれていますから、それで『白砂』――」

「それは、別の話だね」俊輔は首を横に振った。「むしろ順番が逆だ。大社の周囲が、大神の髪や鬚のように真っ白だったという意味だと思う」

「では、どうして」

「我々は『歌』というと、すぐに『古今和歌集』巻頭の紀貫之（きのつらゆき）の『やまと歌は、人の心を種として、よろづの言（こと）の葉とぞなれりける』から始まる仮名序（かなじょ）を思い浮かべる」

「それこそ『目に見えぬ鬼神（おにがみ）をもあはれと思はせ』という部分ですね」

「しかし貫之は『やまと歌は』と言っているが『和歌』とは書いていない。だが、巻末の真名序（まなじょ）で紀淑望（きのよしもち）が『和歌』と書いてしまったことから、混乱が起こった」

「混乱？」橙子は首を捻る。「どちらにしても『歌』に変わりはないんじゃないですか」

「違う」俊輔は首を横に振った。「紀淑望が、敢えてそう書き記したのかも知れないし、その頃には誰もがそう考えていたのか、その点は分からない。しかし、少なくとも住吉大神の神徳である『和歌の神』の『和歌』は違った」

「一体、どう違うと……」

「現在考えられている歌――いわゆる『やまと歌』が、神や恋人や家族に向かって捧げるものであったのに対して、もともとの『和歌』は『和歌（こたえうた）』だった」

「こたえ歌？」

「元皇學館（こうがっかん）大学長・田中卓（たなかたかし）博士の言われたように『和歌』というのは、我々の問いかけに対して神が応えてくれる歌だった。つまり、託宣（たくせん）――神託（しんたく）のことだね。『万葉集』に載っている住吉大神の歌も、そういった種類の歌だったはずだ」

「そういわれれば、確かに……」

「歴史上で最も有名な託宣は、称徳天皇の使者として、和気清麻呂が宇佐神宮に行った話が残されているが、これもまた非常に重要な部分だから、後できちんと話そう」

俊輔はグラスを傾けて喉を潤すと続けた。

「その『和歌』だが、今言ったように、天皇や貴族たちが神に問いかけ、それに『和合』して応えてくれる託宣が『和歌』の本質だった。人々は常にそれを願い、心から欲していたんだ。たとえば稲荷神に対しての祝詞の中にも『祈ぎ事』に応えて欲しいとあるし、八咫烏で有名な賀茂建角身命——賀茂氏も、賀茂の大神の神託を受け取れることで有名になった氏族だ。しかし、その中で最も優れていた——常に正しい託宣を下していた神が、住吉大神だったというわけだ」

「それで『和歌』の神……」

唖然とする二人に向かって、

「そこで」と俊輔は尋ねる。「きみたちは、住吉大社に祀られている神功皇后に関しては知っているね。特に、三韓征伐について」

「昨日も勉強し直してしまいました」

誠也が苦笑して答える。

「仲哀天皇八年（一九九）に、皇后と共に熊襲征伐に出かけた仲哀天皇は、翌年に現在の福岡県・香椎宮で崩御されてしまい、その後、神功皇后は三韓——高句麗・百済・新羅の征伐に乗りだし、勝利したという伝説です」

「その三韓征伐自体に関しては、お互いの国々が主張しているように、日本の圧勝ということも朝鮮側の圧勝ということもなかったろうから、今は話半分としておこう。ここでの問題は、仲哀天皇が崩御された際の出来事だ」

はい、と頷いて誠也は答える。

「仲哀天皇は、神功皇后と共に筑紫国まで熊襲征伐に乗り出し、香椎宮に出向くと、武内宿禰と三人で、自ら琴を弾いて託宣——神託を求めました。やがて皇后に住吉大神の神託が降りたのですが、仲哀天皇はその言葉を信じず実行に移さなかったため、そのまま崩御されてしまいます。『古事記』によれば、明かりを灯してみたら、既に亡くなっていたということです」

「ちなみに」俊輔がつけ加えた。「『書紀』では、こう書かれている。

『即ち知りぬ、神の言を用ゐたまはずして、早く崩りましぬることを』

——とね。つまり、仲哀天皇は『神託を聞かなかった』ために、突然、崩御されてしまった。それほど、住吉大神の神託は大きく重いものだった」

でも、と誠也は顔をしかめた。

「天皇が亡くなられた場面は、とても怪しいです。多くの研究者の意見としては、暗殺されたのではないかと」

「暗殺って、誰にですか？」

尋ねる橙子に、誠也は答えた。

「武内宿禰、あるいは二人の共犯ではないか、という説が一番多いようだよ。事実、その後に皇后は武内宿禰の力を借りて『住吉大神』の神託通り、念願の新羅進出を果たしたわけだし。それに反対していた仲哀天皇は、暗殺されてしまった」

「武内宿禰も」俊輔も言った。「塩土老翁たちと同様、住吉大神と同一視されていた。つまり

『住吉大神』——武内宿禰の進言に耳を貸さなかった仲哀天皇は、大神の『罰』が下って崩御された、と」

「はい」誠也は頷いた。「事実は、そんなところじゃないでしょうか」

「その説に関しては、ぼくも同じように考えているんだが」

と言って、俊輔は一冊の本を取り出した。

「こんな書物がある。さっき話に出た、田中博士の記した本だ」

俊輔は『住吉大社神代記の研究』と銘打たれた、分厚い本をテーブルの上に載せると、ページを捲った。

「昨日は、半日かけてこの本を読んだ」

笑う俊輔に、

「半日って……」橙子は目を丸くする。「こんなに厚い本を、半日で?」

「たったの五百ページだよ。『新撰姓氏録（しんせんしょうじろく）の研究』などは、八百ページほどもあった」

そうは言っても、橙子が覗けば、古文や漢文の混ざった細かい字が各ページに、ぎっしりと並んでいる——。

「この本には」俊輔は続ける。「住吉大社の祭神に関する考察や、『熊襲』という名称についての自説や、日本武尊（やまとたける）関連の話なども載っているので、どれも非常に興味を惹かれるところなんだが、今はこの部分だ——。三韓征伐の際の出来事として、こんなことが書かれている。仲哀天皇が崩御された日だ。

『この夜に天皇忽に病発りて以て崩りましぬ。「是に皇后、大神と密事あり。(俗に夫婦の密事を通はすと曰ふ。)」』

――とね」

「夫婦の密事……」

「二人は、そういう関係になったということだ」

驚いた橙子たちは、本を覗き込む。

確かに、漢文にも読み下し文にも、そう書かれていた。誠也が身を乗り出して、原文の書影に当たれば、

「於是皇后與大神有密事　俗曰夫婦之密事通」

と書かれているではないか。

「神功が皇后でありながら軍神として称えられるのも、軍神・住吉大神との繋がりから来ているというわけだ。理屈が通っている」

と言う俊輔を見ながら、

「これは……」

息を呑む誠也の横で、

でも、と戸惑いながらも橙子は言う。

「天皇が亡くなられて、すぐにそんな関係を持つというのは、確かに酷い話ですけれど……といっても、遠い昔の時代ですから、そんなこともあったかも知れません」

「しかしこの話が、神功皇后の『難産』に結びつくんだ」

「難産って」橙子は眉根を寄せた。「まさか――」

「皇后の御子である応神天皇がお生まれになったのは、仲哀天皇が崩御されて十月十日以降だったのではないかといわれている。『書紀』などでは、きっかり十月十日と言い張っているが、わざわざそう主張すること自体が、かえって怪しいという説もある。そのために神功皇后はお腹に石を巻きつけて冷やし、生まれ月を遅らせるという離れ業を成し遂げたという伝承まで残され、それがまさに住吉大社の神徳の一つである『安産』になった。だが、現実問題として、そんな器用なことができるわけもない」

「ということは――」

「応神天皇は『住吉大神』である『武内宿禰』の御子と考えた方が素直だろう」

えっ、と驚きながらも、

「そうかも知れませんけれど……」橙子は応える。「それもまた、神代に近い時代のことですから――」

「中臣鎌足の子の藤原不比等が、実は天智天皇の子だったらしい、というようにね」

「はい……」

但し、と言って俊輔は橙子を見た。

「ここで重要な点は、『住吉大神』に比定されている人々の中に、猿田彦神がいるということだ」

「あっ」

橙子は息を呑む。

話がいきなりそこに来るのか。

驚きながら隣を見れば、やはり誠也も俊輔を見つめていた。

「しかし」誠也は戸惑いながらも尋ねる。「いくらなんでも、武内宿禰と猿田彦神では、時代が違いすぎます。猿田彦神は瓊瓊杵尊――それこそ神代の時代ですから」

「もちろん、武内宿禰本人が猿田彦神だなんて言っているわけじゃない。年代が違いすぎることは、充分に分かってる」

と言って俊輔は生ビールを空けると、キープしてある麦焼酎のボトルを頼み、氷とロックグラスを持ってきてもらう。そして、誠也と橙子のために水割りセットも注文した。すぐにそれが届くと、勝手に焼酎のロックを作りながら、二人に向かって話を続ける。

「住吉大神は『海神』の代表とも言える神だ。何しろ昔から、安曇磯良を始めとする安曇族である『宗像三女神』の子は住吉、住吉の子は宇佐――という伝承もある。安曇族や宗像神はもちろん『海神』。これは縄文人が信仰していた神で、猿田彦神や住吉大神は弥生人が信仰していたという説があるから、確かに彼らは宗像の子供に違いない。そうなれば当然、住吉大神とされる武内宿禰も、その系列に入る。全員が立派な『海神』だ。そして特に武内宿禰は、先日も言った『潮筒』――塩土老翁とも『白鬚明神』とも呼ばれた住吉大神なわけだから、かなり深い繋がりがあると考えて良い」

そう言うと、俊輔はグラスに口をつけたが、

「あ、あの！」

橙子は身を乗り出した。そして一度大きく深呼吸してから、一言一言ゆっくり尋ねる。

「今のお話をもう一度整理すると『住吉大社神代記』を信じれば、応神天皇は武内宿禰の御子で『武内宿禰＝住吉大神』。そして、住吉大神は猿田彦神……？」

この間、橙子が不思議に感じた部分だ。

どうして安曇野に、たくさんの庚申塔が？

つまり、大勢の安曇族が移住した土地に、自分たちの神である猿田彦神を祀った……。単純に、そういうことだったのか。

「しかしそうなると――」誠也も声を上げた。「応神天皇は、猿田彦神の末裔になってしまいます。直接の血を引いているかどうかは別としても、非常に近しい間柄になります。天皇家と猿田彦神が！」

「念のために言っておけば」

興奮する二人を見て、俊輔は静かに言った。

「ここでぼくらが使っている『天皇』という名称が成立したのは、一般には天武以降とされている。しかし今は、奈良時代――七六〇年代に淡海三船（おうみのみふね）が作成したという漢風の諡号で話を進めよう。きみたちは『神』という名を冠した天皇が、何人いらっしゃるか知っているね」

はい、と誠也は首肯する。

「神武、崇神、そして応神の三名です」

「つけ加えれば、今の神功皇后だね。そして、この『神』という文字を冠した天皇の共通点は

——神武と崇神は同一人物とする説が多いから、それを踏まえた上でも——新たな王朝を構築した天皇だといわれている」

「つまり……王朝交替ですか。まさか応神天皇の御世で、新しい王朝に移ったと」

「そういうことだ」

俊輔は、あっさり首肯するとグラスを傾けた。

「ぼく個人としては『万世一系』を否定はしない。万世一系というのは、あくまでも『系図が繋がっている』ということだと考えれば、天皇家は間違いなく『万世一系』だ。但しそこに、神武の遺伝子がどうのこうのという話を持ち込んでしまうと、当然ながら途切れてしまうだろう」

「でも、応神天皇が住吉大神——猿田彦神の末裔になるなんて」

「何もおかしくはない。昔から言われていると言ったじゃないか。宗像の子は住吉。住吉の子は宇佐だと。これを言い換えれば——」

「安曇である宗像の子は猿田彦神、そして住吉大神の武内宿禰。その子は、宇佐に祀られている応神天皇！」

「当時としては、常識だったんだろう。だが、そう考えることによって、さっき少し話した称徳天皇の時代の託宣問題の本質が、非常に良く理解できる」

「『宇佐神宮神託事件』ですね」

「簡単に説明してくれないか」

という俊輔の言葉に「はい」と誠也は頷き、口を開いた。

「孝謙(こうけん)天皇が重祚され、第四十八代の称徳天皇となられた時代の話です。神護景雲(じんごけいうん)三年（七六九）に、称徳天皇に取り入っていた怪僧・弓削道鏡（ゆげのどうきょう）を天皇に就かせるべしという神託があった――という話が流布されました。そこで称徳天皇は、その確認のために、和気清麻呂（わけのきよまろ）を宇佐神宮に向かわせた。しかし、清麻呂は宇佐で『必ず皇緒――正しい血統の者を立てよ』という神託を受けたため、それを朝廷に持ち帰った。その結果、道鏡は天皇の地位に就けず、その恨みを受けた清麻呂は、名前を『別部穢麻呂（わけべのきたなまろ）』と変えさせられた上に、配流の憂き目に遭ってしまったという……」

「その事件の真相については色々言われているから、今ここでは追究しないが」俊輔は二人を見て尋ねた。「では、清麻呂は託宣――神託を受けるために、どうして天皇家祖神である天照大神のいらっしゃる伊勢ではなく、宇佐に向かったんだろうか」

「それは……」

「宇佐神宮の祭神は？」

「正式名称が宇佐八幡宮ですから、八幡大神です」

「誉田別（ほんだわけ）尊――応神天皇だね。そして」

「比売（ひめ）大神です」

「この神に関しては諸説あるが、今は素直に宇佐で信奉されていたという宗像三女神としておこう。あとは」

「気長足姫（おきながたらしひめ）尊――神功皇后です」

「では、どうしてそれらの神に託宣を求めたんだろう」

「一般的には」橙子が身を乗り出した。「事件の発端が宇佐神宮からの神託であったため、と言われていますけれど……正直言って、私も、ずっと不思議でした。どこから神託があろうと、天皇家に関わる問題ですから、この場合は当然、天照大神のいらっしゃる伊勢神宮に向かうべきです。自分たちの祖神である天照大神にお伺いを立てたと言えば、誰一人として文句を言う人間はいないはずですから」

「朝廷としても」誠也も言う。「最初は、清麻呂の姉の和気広虫（わけのひろむし）を送ろうとしたけれど、かなりの長旅になってしまうので、代わりに清麻呂を送ったといいます。そんな点も含めて謎でした。事件の端緒はともかく、どうして遠路、宇佐まで行かなくてはならないのか。それならば、当初の予定通りに広虫の足でも行かれるであろう伊勢——天照大神に託宣を求めるべきだろうと……」

「そういうことだ」

俊輔は微笑むと、グラスに口をつけながら二人を見た。

「だが、その理由はもう分かったろう。宇佐——応神天皇は、わが国随一の『和歌』——和歌（こたえうた）の大神である住吉大神の御子だったからだ。実に単純な理由だね」

「神功皇后との間に生まれた……」

と呟いてから、

「それならば」と橙子は更に尋ねる。「どうして直接、猿田彦神——住吉神を祀っている北九州の住吉神社に行かなかったんでしょうか。宇佐と住吉ならば、それほど距離はないでしょう」

「その時既に猿田彦神は、大怨霊として伊勢に封じ込められていたからだ」

「伊勢……天鈿女命（あめのうずめ）によって殺害された場所に」

そう、と俊輔は頷いた。

「これが、明治の世になるまで歴代天皇が、たった一人も伊勢神宮に参拝されなかった――伊勢に足を運んだ持統天皇さえ参拝はしなかった――という理由の一つにもなるが、この話は長くなるから今は止めておこう。どちらにしても――」

俊輔は続ける。

「朝廷は、不吉な『金神(こんじん)』である猿田彦神には近づけないし、近づきたくもない。だから、彼の末裔であり、多少は自分たちに近しい応神天皇が祀られている宇佐に行ったんだ。今でこそ伊勢は、誰もが気軽に行かれる観光地になっているが、少し歴史を知っていれば、そう軽々に足を踏み入れられる土地ではない」

伊勢は、猿田彦神の土地――天鈿女命に暗殺された猿田彦神が眠っている土地だから。しかも、未だに眠っている明確な場所すら判然としていない土地……。

「そういうわけだったんですか」

と、納得する誠也の隣で、

「でも！」と橙子は食い下がる。「猿田彦神や住吉大神――海神たちは朝廷から冷遇されていましたよね。というより、殆ど敵対していました。武内宿禰は例外としても」

「武内宿禰だって分からないよ。彼の本心など、闇の中だ」

「それはもちろんですけれど……少なくとも安曇族や隼人たちはいつも叛乱を起こしていました。それなのに、彼らの末裔だという応神天皇――宇佐は、どうして天皇家のために、素直に神託を下したんでしょうか。おかしくはないですか」

「答えは、実に単純で簡単だ。しかも、今までの説の傍証になる」

俊輔は橙子を見た。

「その時は住吉大神、つまり、猿田彦神の子孫が天皇の座に就いていたからだ。故に『必ず皇緒』——自分たちの血を引く者を立てよという神託を下した」


あっ。

呑み込んだ息が喉に詰まりそうになる。


そういうことだったのか！

だから、称徳天皇たちは天照大神の伊勢ではなく、わざわざ宇佐八幡宮に託宣、応えを求めた。

それどころかそれを周囲の人間たちは「当然」のことと理解し、同時に誰もが宇佐神宮での神託を信じた。

それは、称徳天皇たちが、猿田彦神や、おそらくはその血を継いでいる応神天皇を「正統な皇統」と考えていたから——。

全てに理由がある。

橙子は、大きく溜息を吐いた。

謎に思える事柄や、齟齬を感じる事象は、我々が気づいていないか、目を逸らさせられているだけで、どこかに必ずきちんとした論理が通っている——。

呆然と見つめる二人の前で俊輔は刺身をつつきながら、

「『宇佐神宮神託事件』の本質が見えたところで、少し宇佐——大隅(おおすみ)隼人たちの話をしておこうか。きみたちも既に承知している部分もあるだろうから、飲みながらでも聞いてくれ」

「はい」

橙子たちは答えて、麦焼酎の水割りを作ると、喉を潤しながら俊輔の話に耳を傾けた。

「大隅隼人は、古代九州の大隅——宇佐や薩摩に居住していた海神だ。この間も言ったが、国東半島の付け根に位置している宇佐といえば『庚申信仰』が非常に盛んだった土地だ」

そうだ。

国東半島では「庚申信仰」がとても盛んだと言っていた。

伊勢国は磯部氏の土地で、磯部氏は安曇族の海人——。

彼らは、と俊輔は続ける。

「とても勇猛果敢な種族だったため『ハヤト』——逸人(はやと)・隼人、と呼ばれたのではないかという説もある。常に大和朝廷のいわれなき侵略に対して激しく抵抗したが、五世紀後半頃から徐々に鎮圧されてしまった。その後にも大きな叛乱を起こしたが、それもやがて終息に向かった。今ここで一々具体的な例は挙げないが、その手段は筆舌に尽くしがたいほど残酷で陰湿な謀略によるものだった。そのため彼らは、大きな恨みを呑んだまま家族共々殺害され、朝廷にとっての『怨霊』として扱われるようになった。今もその形跡が宇佐神宮周囲にたくさん残っているし、連綿と隼人供養の儀式が行われている」

「現在もですか……」

「先月の『采女』と同じだね。それほどまでに朝廷の人々は、彼らの怨霊を恐れた」俊輔は苦笑した。「その後、朝廷に服属させられた隼人たちは、宮門の警護や獄吏、密偵などの役割を担わされた。また、儀式の際には犬の遠吠えの真似をさせられるようになった」

「いわゆる」誠也が言う。「狗吠（くはい）ですね。貴人たちの先導役――先祓いだ」

「貴人を導く役目。まさに猿田彦神だ」

「ああ……」

「宇佐の親神といわれる住吉大神と、猿田彦神が同体であるとするならば、猿田彦神の『導き』『道開き』『先導』の神徳の真意こそ、『和歌（こたえうた）』の力を持っているということだったんだろう」

　狗吠といえば、と俊輔は続けた。

「それこそ『狛犬』もそうだ」

「狛犬……って。あれは確か『高麗犬（こま）』で、ルーツは高麗だと聞いたことがあります」

「高麗犬――獅子だね。もともとは、そうだったかも知れない。しかし現在――というより平安時代以降は『犬』になっている」

「文化変容……」

「事実、朝廷に恭順してからの隼人たちは、今言ったように先祓いや門番の役目を担わされていたんだからね。まさに『熊襲の犬』だ」

「それで『熊犬』――狛犬だと」

「狛はどう書く？」

　もちろん、と橙子は答える。

「犭（けものへん）に白ですけれど」

「この『狛』だけで『こまいぬ』とも読み、『字統』には『呪鎮（じゅちん）のための』獣の像だとある。では、何故『狛』の旁（つくり）が『白』なんだろう」

「それは――」

考えたこともなかった。

ただ単にそういうものだと思っていた。

どうして……。

「『白』なんでしょうか」

忸怩たる思いを胸に尋ねる橙子に、

「『白』という文字は」俊輔は答える。「きみたちも知っているように『髑髏（どくろ）』や『曝首（しゃれこうべ）』を表している。しかもそれらは『偉大な指導者や強敵の首』だ。つまり『祭梟（さいきょう）』――いわゆる、首祭（くびまつ）りだ」

「首祭り！」

「悪霊追放の呪儀だね」

つまり――。隼人から発した『狛犬』は、二重三重の意味を以てあの場所に鎮座しているというわけだったのか……。

全ての事象が繋がって行く。

唖然とする橙子の前で、俊輔は続ける。

「また帰順せざるを得なかった彼らは、朝廷の儀式や祭の際に『隼人舞（はやとまい）』を舞わされた。この舞は、隼人たちの遠祖の海幸彦（うみさちひこ）が、天皇家の祖先である山（やま）幸彦――瓊瓊杵（ににぎ）尊の御子・火遠理（ほおり）命に降

参し、褌一丁になって海に溺れて命乞いするさまを演じた。故に沢史生などは、

『これらの処遇には、頑強に抵抗したハヤトに対する王権の憎悪が露骨に感じられる』

と言っている」

「海神が海に溺れるって……」橙子は呟くように言う。「それもまさに、猿田彦神が溺死したという話じゃないですか」

「そういうことだ」俊輔は頷くと続けた。「しかし、大分県出身の高見乾司によれば、鹿児島神宮に伝わっている隼人舞には、今のような卑屈で滑稽な所作はなく、

『神楽の神事舞にちかい舞』

だという。そして、

『これこそ、強い呪力を持つ「古代隼人の舞」なのではないか』

とまで言っている。おそらくその通りだろうね。朝廷の人々は、海神や隼人を非常に『憎悪』し、かつ恐れた。その結果が『卑屈な隼人舞』になって残されたというわけだ」

「狗吠も狛犬も、同じような理由だったんですね」

誠也の言葉に、

「じゃあ『犬』に関しても、少し話そうか」

「猿と犬だと」橙子は笑う。「犬猿の仲になってしまいそうですね」

しかし俊輔は真顔で言った。

「まさに、その話をしよう」

「え」

不思議そうな顔をする橙子たちの前で、俊輔は再び口を開いた。

「ぼくも少し気になって『猿』を調べた時に『犬』も調べてみた。すると、それこそ『安産』のお守りとしての一面――戌の日に胎児の保護のための岩田帯をお腹に巻くとか、産婆を頼むと縁起が良いとか、色々とあった。子供の無事な成長のために『イヌノコ』『インノコ』と唱えるとかね。しかしその一方で『猿』に負けず劣らず、強烈に蔑視されていた。有名な諺で『犬も食わぬ』というものがある。これは夫婦喧嘩に代表されるが、昔は現実的にわが国での犬の扱いや食料事情は、それほどまでに酷かったらしい。生きるために人糞まで食べていたという」

「まさか……」

顔を歪める橙子に、俊輔は続ける。

「現代では想像できない話だね。しかし『宇治拾遺物語』にも載っている。これらの詳細は、今夜の美味しい会食の場では止めておくが、歌舞伎の『浮世柄比翼稲妻』の有名な『鈴ヶ森の場』にも、死体を放って『往来端に犬の餌食』などと吐き捨てる場面もあるほどだ。それこそ『犬死に』――無駄死に、などという言葉もある。犬がこれほど愛好されるようになったのは、つい近代に入ってからのことだ」

「そうだったんですか……」橙子は嘆息する。「じゃあ『幕府のイヌ』とか『政府のイヌ』という言葉は、本心から軽蔑している言葉だったんですね」

「今言ったように昔は、密告・探偵・間諜など、まさに『人の死骸を喰う犬』の役割を隼人たちが務めていたし、それ以前に隼人たちそのものが『イヌ』と呼ばれていた。だから狗吠――つまり、犬の遠吠えに関して言えば、全国各地にこんな言い伝えが残っている」

俊輔は手帳を開いた。

「ここで特に地方名は挙げないが、

『イヌの遠吠えは、村に騒動』

『イヌの遠吠えは、変事の兆』

『イヌの遠吠えは、天災地異の前兆』

『イヌの遠吠えは、凶事がある』

『イヌの遠吠えは、不吉』

――などなど、きりがない。そして、それほど忌避されていた『犬』は、全く根拠がないにもかかわらず『猿』と仲が悪いと言われた」

それは、と誠也が言った。

「実は、仲がとても良かったからですね」

「そう」と俊輔は首肯する。「安曇族と隼人だ。仲が悪いどころか、ほぼ同族だった」

「安曇の子は住吉で、住吉の子は宇佐の隼人……」

「彼らが手を組んで向かってこられたら、大和朝廷にとっては最大の恐怖だ。それでなくとも北九州では、単独で安曇族や隼人たちの乱が勃発していたわけだ。そこで彼らの仲を裂くべく『犬猿の仲』などと言いふらした。これは、そうなって欲しいという願望――いわゆる『言霊（ことだま）』でもあったろう。言葉にして口に出したことは、いずれ叶うという呪（しゅ）だ」

「なるほど……」

誠也も嘆息するとグラスを空けた。

「ですが先生。そうなると、一つ疑問が」

「何だい」

「もしも応神以来、猿田彦神の系統が天皇、あるいは大王（おおきみ）として連綿と続いていたとするならば『猿』だ『犬』だと言って、彼らを貶めることはなかったのでは」

「私も、同じことを思いました」橙子も誠也の言葉に頷く。「当時の天皇の血を引く人々なんですから、褒め称えこそすれ、蔑むことはあり得ません。でも実際は、庚申の猿たちのように冷遇されていた。その理由は？」

「簡単な話だよ」俊輔は二人を見た。「その後で皇統が替わったからだ」

「え……」

「これは、どこの国でも同じだが、王朝交替後には自分たち以前の王は、大抵が悪口を叩かれ貶められる」

そうか！　と誠也は頭を叩いた。

「先月、その話を伺ったばかりだった。わが国の皇統は、事実上何度か途切れているというのは、半ば常識です。そして大きな王朝交替が、天智――天武の時代に起こった。しかも『日本書紀』の編纂は事実上、天武によって命じられている。だから当然、それまでの皇統であった猿田彦神たちは貶められた」

あっ、と橙子も息を呑んだ。

前回、そんな話を俊輔から聞いていたではないか。実は天武は、正統な皇統には属していなかったと。

そもそも、天武は天智より四、五歳以上も年上のはずなのに「弟」を名乗った。正しい血統の人間ならば、わざわざそんなことをする必要はない。

また、天武は「下層の遊民」といわれる漢の高祖・劉邦を自分に重ね合わせ、実際に模した。何よりも、天皇家三種の神器の一つである「草薙剣」の祟りに遭った――などなど。

つまり、天武が「天皇」となった壬申の乱は、正統な天皇であった大友皇子――後の弘文天皇――を殺害して、自らが権力を握るための「クーデター」だった。そしてその際に、応神天皇の祖である猿田彦神を貶めたということか……。

「その後、更に」俊輔は言った。「天武の皇后で、第四十一代天皇となった持統、そして彼女の実の弟ともいわれる、側近の藤原不比等たちが、日本史の改竄に手を染める。何しろ持統と不比等は、持統の女帝を正当化するために、それまで伊勢・志摩に君臨していた猿田彦神を追い出し、女神の天照大神を勧請してきたんだからね。持統たちとしても、実は猿田彦神が大王でしたとは、とても言えない。ここで、ますます猿田彦神が貶められてしまった」

でも、と橙子は尋ねた。

「今、先生がおっしゃったように、天智や天武で王朝交替が起こっていたら、その流れを汲む孝謙＝称徳は、あえて使いを宇佐に行かせなかったんじゃないんですか」

「逆だね」俊輔は橙子を見る。「そうであれば尚更、いや、そうだったからこそ、猿田彦神の血を引く宇佐――応神天皇のもとに行かせた」

「え？」

「称徳は、自分のルーツが天武と知っている。同時に――これは余り公にされてはいないが――

天智の血も引いていることを知っていた。だからここは、どうしても応神天皇に頼るしかなかった。おそらくそんな事実を知っている周囲からも言われたかも知れない。しかし、肝心な理由はそれだけではない」

「というと」

「道鏡は、実は饒速日命（にぎはやひ）を祖先神に持つ物部氏（もののべ）の血を引いているという説がある」

「饒速日命……」

「だが……今ここでは、これ以上の深入りは止めておこう。まったく別のテーマの話になってしまうから、何かの機会があった時にしよう」

「……はい」

納得する二人を見て、

「伊勢と言えば、先日途中になってしまった話を続けようか」

俊輔は、自分で焼酎を注ぎ足す。これは、全員の約束になっている。お酒は、お互いに注いだり注がれたりはしない。自分が飲みたい分だけ、勝手に飲む。

「先日名前が出た『伊雑宮（いざわのみや）』だ。一時期、伊勢神宮ではなくこの宮こそが本当の『日神』を祀っているという噂も出たが、何故か唐突に否定された。だが、この宮に関して調べていたら、当時――いや、今まで何故わが国では道教が認められなかったのか、果ては全く入って来てもいないと言われるようになったのか、その理由まで判明した」

「それは！」

早く聞きたい橙子の気持ちを抑えるように、俊輔は静かにグラスに口をつけると話し始めた。

「伊雑宮は神宮の別宮――遥宮で『いぞうぐう』とも呼ばれる、志摩国一の宮だ。延暦二十三年（八〇四）に上申された『皇太神宮儀式帳』にも宮名が載っている由緒正しい宮だ。そこでは、六月の月次祭として御田植の神事が執り行われる。この祭では『太一』と大書された大きな団扇が奉られるんだ」

そう言うと、俊輔は二人の前に画像のコピーを広げた。

田の中で何十人もの全身泥だらけになった男たちが、高さ数十メートルはあろうかという巨大な竹に結びつけた大きな団扇を、天に突き上げるようにして支えていた。そしてその団扇には、五色の帆を張った千石船が描かれ、その帆には黒々と、まさに太い文字で「太一」と書かれている――。

「太一というと――」

「宇宙の根本原理、道教の最高神である『天帝』のことだ」

「えっ」

「『史記』にもあるように、『太一』は北極星――『北辰』であり、陰陽五行説では太陽・太陰を統括するものと見なされている。太極拳の『太極』もそうだし、前回話したように皇極天皇の『皇極』もそうだ」

「猿田彦神の土地――伊勢で、しかも伊勢神宮別宮に『天帝』を祀るお祭が！」

「この宮だけではない。伊勢路のあちらこちらに『太一』の文字が見られるし、神饌である鮑を採る海女の頭巾にも、式年遷宮の用材の先頭にもね。実は、伊勢・志摩は『太一』だらけだ。というのも、外宮神官の度会氏が、前回も言った泰山府君を祀る祭を主宰したともいわれているか

ら、歴史は古い。戸矢学に言わせれば、北極星は航海の指針となる星であり、
『海人族にとっては唯一無二の最高神である』
だというし、安曇族や海神に詳しい龜山勝も、北極星は北半球の夜間航路において『最重要』
とされる星だったと言っている。北極星さえ目視できていれば、当時の船は方向を見失うことは
なかった、とね。つまり、海人であった磯部氏——伊勢の人々にとって『太一』は崇め奉るべき
神だった」
「でも……」橙子は顔を歪める。「それなのに何故、道教が一般的には認められていないんです
か。伊勢にも、それほど多くその痕跡が残っているというのなら」
「中国では」俊輔は言う。「三世紀頃の三国時代や四世紀頃の六朝時代などに、巨大な道教集団
が生まれた。その結果として、今の『太一神』を始めとして、『元始天尊』『太上老君』そして
『天皇大帝』などという神々が作られたんだ」
「天皇大帝……」
「あるいは『天皇大帝』。わが国でいう『天皇』だ」
「天皇って」
橙子は——今日何度目だろう——大きく目を見張る。
「まさか……その名称は、道教から来ていたと」
間違いなくね、と俊輔は首肯した。
「故に、高橋徹や千田稔らは、わが国に道教は伝わってこなかったと昔の歴史学者たちが無理矢
理に主張し続けていたのは、天皇という称号が明らかに『道教の神「天皇大帝」に由来』してい

るからだと言い切っている。『天皇』という名称を、あくまでも日本固有のものにしたいんだろうと。また戸矢学などは、そんなことは常識の範囲内だとして自説を展開している。前にも言ったように『天皇』という称号を最初に用いたのが天武といわれているんだから、当然、道教が念頭に置かれていたはずだ。何しろ彼は、道教の秘術といわれる奇門遁甲（きもんとんこう）に長（た）けていたというんだからね」

「でも、その事実をどうしても認めたくない人々がいた……」

「そういうことだ」

俊輔はグラスを空けると、焼酎を注いだ。

「これで、全てが繋がっただろう。『北極星』と、それを神格化した『妙見（みょうけん）信仰』。『天帝』『天皇』そして『庚申』の——猿田彦神が」

そういうことか……。

庚申は天帝。

その天帝こそが、太陽神とも呼ばれた猿田彦神だった。

最初から素直にそう考えれば良かったのだ。

猿田彦神は、古代天皇家の祖神とも言える立場にいた。

なのに我々は『記紀』などの記述によって、単に天孫を先導した神に過ぎないと思い込まされてきた。ところが実は、猿田彦神こそが日本の大王（おおきみ）「天帝」だった。だからこそ、日本全国各地

――しかもさまざまな階層の人々の間にも、猿田彦神に関する伝承や像や供養塔が残っている。というのも、彼こそが「天帝」であり「太陽神」だったから。

だが、朝廷の命令を受けた天鈿女命によって暗殺され、地位も土地も財産も名誉も、全て朝廷に奪われてしまった。

しかしやがて、彼の末裔ともいえる武内宿禰によって、再び天皇家に猿田彦神の血が注ぎ込まれた――。


「それが」橙子は声を上げた。「先生が最初におっしゃった、研究者たちが途中で投げ出した理由に繋がるんですね。猿田彦神を追って行くと、宗像（安曇）――住吉――宇佐と繋がって、応神天皇までたどり着き、天皇家のルーツの問題に関わってくる。それで、誰もが恐がって結論を口に出せず、いつまでも猿田彦神は正体不明の神になってしまっていた」

「そういうことだろうね」

俊輔はあっさりと頷いた。

「またそう考えることによって、天鈿女命や子孫の猿女（さるめ）たちが、常識では考えられないほど優遇された理由も判明する」

「彼女は、大和朝廷の人々以前の『大王』『天帝』であった、猿田彦神を暗殺したから」

「だからこそ、猿田彦神と共に祀られてはいるものの、相殿にはなっていない。その後、彼女は朝廷内の『八神殿（はっしんでん）』に『大宮売神（おおみやめ）』として祀られたが、もちろんその中に猿田彦神はいない。また、この『大宮売神』という名称も気になるところだ」

と言ってから「但し」と俊輔はつけ加えた。

「この『猿女』たちは『古事記』などが言っている、天鈿女命の血を引く子孫、というわけではない。一つの『役職名』だった。もちろん、中には彼女の血を引く女性もいたかも知れないが、あくまでもこれは役職名だ。ゆえに、さまざまな氏族から女性たちが『猿女』として朝廷に貢進された」

「まさに『采女』と同じパターンだったんですね」

そういうことだ、と俊輔は首肯する。

「しかし、誰もが『猿女』を貢進できたわけではない、と歴史学者の繁田信一は言っている。ある限られた資格があったと」

「それは？」

「まず、和邇氏や、小野氏や、伊勢の稗田氏のように、その家が『海神』と繋がっていること。そして次に『猿女』と血縁関係にあること」

血が繋がっている……。

橙子は「ふう……」と大きく嘆息する。

猿田彦神――庚申は天帝で北極星。

そして、庚申の「北向き蒟蒻」の風習。

そちらを向いて無言で食べるのは、いわゆる「北面の武士」だから。それは良いとして、なぜ「蒟蒻」？

そんな問いかけをすると、

「正確に言えば、蒟蒻の田楽だ。田楽は知っているね」

「はい」橙子は頷く。「豆腐や芋、それこそ蒟蒻などを串に刺し味噌をつけ、焼いて食べる料理です。美味しいですよね」

「田楽の本来は、田植えや御霊会(ごりょうえ)の際に、田楽法師と呼ばれる人々が高足(たかあし)——竹馬(たけうま)のような物に乗って、品玉(しなだま)使いや剣投げなどの曲芸を披露するものだった。その時、田楽法師の姿が、まるで人間を串刺しにしているようにも見えたため、刀や剣で人間の体の中央を刺し貫くことを『田楽刺し』と呼ぶようになったといわれている」

「え……」

また、いきなり不穏な話になってきた——。

俊輔は続ける。

「しかも、本来は味噌田楽。実は『味噌』にも余りいい意味はなかった。失敗した時の『味噌をつける』という言葉は有名だが、これは『面目を潰す』『面目を失う』に始まっている。つまり、相手側にとっては、ただでは済まさないという意味だった」

「単なる軽口ではなかったんですね」

「下手をすれば、当時は命に関わるような意味だった。それで『田楽刺し』にされた」

「で、では」橙子は尋ねる。「『昆布』にも、何か意味が？　庚申の日には昆布を焼いてはいけないとか、昆布を焼くと庚申様が泣くとか——」

「これは、沢史生の解析だが」と言って俊輔は続けた。「今でこそ昆布は『喜ぶ』などの意味に使われているが、朝廷にとって非常に不吉で不愉快なものの象徴だった。というのも『昆布』を採る海人――海神たちは朝廷にとっての『瘤』であり、まさに『目の上の瘤』だったからだ」

「瘤……」

「この『瘤』は『和名抄』によれば『之比禰』と書かれている。つまり『癡根』のことだ。その根を徹底的に廃絶せしめたい憎悪がこめられていた。また『癡』そのものに『弑』するという意味がある」

それでは！　橙子は更に尋ねる。

「大根は、いかがでしょうか」と言って橙子は、庚申の日には大根を食べるという風習があることを二人に伝える。「確かに大根自体は体に良いでしょうけれど、なぜ庚申の日に？」

「大根に関しては、庚申だけじゃない。今日のような甲子の日にも食べたという。ちなみにこの日は、大黒天を祀っていた。大黒様のお使いは『子――ネズミ』だということからきているとされる。そして庚申や甲子の日に供える大根は、江戸時代の風俗が記された『守貞謾稿』によれば『二股大根』だったという」

「二股大根？」

「子孫繁栄を願って捧げる縁起物だ。そして、実物を見れば分かる通り、そのまま女性の下半身そっくりだ」

「え……」

「つまり、お一人で淋しいでしょうからといって、庚申様――猿田彦神や大黒様に『女性』を差し上げて慰める。その後、自分たちもその大根を食した」

「そう……なんですね」

どぎまぎと応える橙子に、俊輔は「ああ」と頷く。

「現在も、浅草の待乳山聖天では、大根をお供えしてそれをいただいて帰ってくるという風習がある。この待乳山聖天は、吉原の遊女たちの守り神であり、同時に彼女たちの死後の『投げ込み寺』でもあった。そして、寺紋はまさしく『二股大根』で、まるで彼女たちの職業を表すかのように、それが二本交差したものだからね。かなり、エロティックだ」

俊輔は真顔で言ってグラスを傾け、

「そうだ、エロティックついでに言うと」話を続けた。「この間『猿は馬を守る』という言い伝えがあるという話をしたね。この厩猿が、猿まわしと非常に縁が深いという話」

はい、と誠也が頷いた。

「でも、その言い伝えに関しては現在も意味不明だと――」

「一般的には『これに納得できる説明を与えることは、実は今日でも』とても難しいと言われている」

「はい」

「だが、ようやく思い当たった。というより、沢史生が殆ど正解を書いていた」

俊輔は笑ったが、誠也は身を乗り出す。

「どういう意味だったんですか。陰陽五行説では、説明しきれなかった話ですよね」

ああ、と俊輔は答える。

「今も言ったように、少々エロティックな話になるんだが、きみたちは蹈鞴の炉を『火処』と呼んでいたことを知っているだろう。そして、ここから非常に大きな財産である鉄が『産まれる』ことから『ホト』――女性の陰部にも喩えられた」

えっ、と戸惑いながらも橙子は頷く。

確かにその通りだ。

そしてその場所は……。

「この『火処』は女性の『ホト』であり、同時に『真処（まんこ）』と呼ばれた」

「……そうです」

橙子が俯きながら小声で答えると、俊輔は続ける。

「そして『マンコ』はそのまま『ウマっ子』となる。つまりこの場合は『火処――女陰――マンコ――ウマっ子――馬』と繋がったのではないかと書いていた。ぼくも、その通りだと思う。何故ならば、『天帝』だった猿田彦神は言ったように海神であると同時に『鉄』の王だったはずだ。『金・金』である『庚・申』様と言われていたんだからね。だから彼らは、常に必死で『火処』を守る」

「それで」誠也は目を丸くする。「『猿』が『馬』を守る――」

「昔は、女性が子宝に恵まれたいと願う時には、猿の絵が描かれている日吉（ひよし）大社などの絵馬を抱いて寝たというし、無事に出産を果たした暁には、猿の縫いぐるみを神社に奉納したという。これなどは、明らかに『火処』から『粉宝（こだから）』である『鉄』が、無事に産まれるという呪（まじな）いだ」

「なるほど……」

つまり、と俊輔はグラスを空けた。

「沢史生の言うように、庚申——猿田彦神は、

『鉄（カネ）を宰領する山人（猿）なのである』

ということだ。だから、わざと逆に『猿と馬は相性がよくない』などとまで言われるようになった」

「そうなん……ですね」

嘆息する二人に向かって、俊輔はグラスに焼酎を注ぎ足しながら続ける。

「これで、全てが繋がるわけだ。庚申——猿田彦神——海神——塩土老翁（潮筒老翁）——白鬚明神——武内宿禰とね。そしてこれらは全て、不吉な『金神』になると同時に、南面する『天帝』『天皇』となる。だから、ぼくが最初に引っかかってしまった『申』の文字も——」

と言って俊輔は二人に「申」は「電光」「稲妻」、つまり「神」のことで、『字統』にも、

「（申の文字は）明らかに電光が屈折して走る形で（中略）それが天神のあらわれる姿と考えられたので」

とあったと伝えた。

つまり「申」という文字だけで「神」を表している。しかも「神」は「神」であり「示」は「知ろしめす」こと。ただそれが、どうして「猿」と繋がって行くのかが謎だった——。

「だが」俊輔は苦笑する。「全くそのままだった。『申』も、そして『猿田彦神』も、神であり怨霊神である雷神であり、太陽神であり天帝であり天皇だった。この世で、唯一絶対の地位にいた人物だというわけだ」

橙子は、啞然とする以外ない。

いや。

心のどこかで、こういう結論を考えていたかも知れない。でも、おそらく無意識のうちに自分で打ち消してしまっていた。というのも、猿田彦神は単に「天孫を先導した地上神」という先入観が、余りにも大きかったからだ。

しかし俊輔の言うように、素直に猿田彦神は「天帝」であり、後の朝廷によって排除されてしまった怨霊神だと考えれば、全ての辻褄が合う。小さな齟齬までなくなる。そうであれば、論理的に考えて俊輔の説が正しいのでは？

庚申の神である猿田彦神は、太陽神で、天帝で、同時にこの世で唯一の存在の北極星の「太一」だった、と——。

「結局のところ——」

橙子は半ば脱力しながら、俊輔に改めて尋ねる。

「猿田彦神って、何者だったんですか。天照大神や素戔嗚尊（すさのお）たちとは違って日本史上に突然現れたけれど、実際は『天帝』の如く、それまでのわが国を支配していたというわけですか」

ぼく個人としては、と俊輔は答える。

「元祖・太陽神とも呼ばれた、饒速日命の御子神だったのではないかと考えている」

「饒速日命の……」

「そうなれば当然、素戔嗚尊や天照大神とも繫がる。何しろ饒速日命は、素戔嗚尊の妹神と結婚したともいわれているんだからね。ただ、この辺りの話は今回の本題とは微妙にずれてしまうし、それこそ幾夜を徹しても話し終わらないだろうから、今は止めておこう。饒速日命は、この国を『日本（やまと）』と名づけた神だという程度でね」

「えっ」

「『書紀』にも書かれている」

　と言って俊輔は暗唱する。

「『饒速日命、天磐船（あまのいわふね）に乗りて、太虚（おおぞら）を翔行（めぐりゆ）きて、是の郷（くに）を睨（おせ）りて降（あまくだ）りたまふに及至（いた）りて、故（かれ）、因（よ）りて目（なづ）けて、「虚空見（そらみ）つ日本（やまと）の国」と曰（い）ふ』

――とね。そして饒速日命の別名は『天照（あまてる）』」

「天照大神？」

　違う、と俊輔は首を横に振る。

「天照大神ではない。あくまでも『天照』。つまり、太陽神だ」

「その神の御子神が猿田彦神だと……」

「あくまでも、個人的な考えだがね」俊輔は念を押すように繰り返した。「猿田彦神は、この饒速日命と宗像女神――市杵嶋比売（いちきしまひめ）命の間に生まれた神だと思っている」

「宗像の子は住吉！」

「そしてこの時代、親子神や夫婦神などは、往々にして同一神として扱われていた。故に、太陽神である饒速日命の御子神の猿田彦神も、同様に太陽神とされた」

「太陽神……天帝、ですね」

「そういうことだね」

俊輔は大きく首肯した。

呆然と見つめる橙子たちの前で、

「さて」と俊輔は言った。「本題に入ろうか」


は？

橙子は目を見張る。

ここからが本題って――。


「……どういうことですか！」

「堀越くんの提起してくれた、皇位継承の話だ」

「皇位継承……」

「今までの話を踏まえないと、この問題に入れなかったんだ」

えっ、と誠也も尋ねる。

「と、おっしゃると――」

「『住吉大社神代記』に触れた際に話した、神功皇后と武内宿禰、そして応神天皇だ」

「はい……」

「ちょっと考えてみて欲しいんだが、仲哀天皇崩御の翌年の二〇一年から、二六九年までにわたる約七十年間、神功は皇后のまま称制(しょうせい)――即位せずに政務を執っていたというんだが、これはあり得ることだろうか」

「そうなんです！」誠也は思わず声を上げていた。「昨日も考えていたんですけれど、七十年も天皇不在など、とてもあり得ないと。だから、各国の『風土記』では、神功は天皇だったと書かれています。これは、仮にそう呼んだという説もありますが、実際に『神功天皇』だったんではないでしょうか」

「ぼくも、そう思うね」俊輔はあっさりと首肯した。「事実、この『住吉大社神代記』にも、

『気息長〔足〕姫天皇。諱は神功。天皇第十五代』

『是に天朝（神功天皇）、聞きて重発震忿たまひて』


と書かれているし、きみの言うように『常陸国風土記』『摂津国風土記』『播磨国風土記』などにも『神功天皇』として登場している。また『神皇正統記』でも『第十五代』天皇として扱われている。更に『日本書紀』では、応神天皇や仁徳天皇同様、丸々一章を費やして記述されている。故に、神功は天皇になっていたと考える方が素直で自然だと思う。それが、どうして『神功天皇』と認めないのかといえば、江戸時代に水戸光圀が『大日本史』を編纂させた際に『神功は皇后』と決定づけたからだ。しかし――」

俊輔はグラスに口をつけた。

「光圀の気持ちも、非常に良く分かる」

「……とおっしゃいますと？」

「では尋ねるが、神功が天皇になってしまうと、どうなる？」

短い沈黙の後、

「あっ」

と誠也が声を上げた。


「し、しかし先生……それは……いや、まさかそんな」

「何が、まさかなんですか」

橙子は誠也の真剣な顔つきに驚きながらも尋ねた。

すると誠也に代わって、俊輔が静かに答えた。

「武内宿禰は天皇家の血を引いているのではないか、という説もある。しかし、これは明らかに後付けだね。というのも、天武が制定した『八色の姓』で、真人・朝臣に次ぐ、この『宿禰』という称号を持つ人間は『神別氏族』とされているからだ」

「神別……」

「皇族は『皇別』。天つ神・国つ神の子孫は『神別』。つまり武内宿禰は『皇族』とみなされていなかったことになる」

「というと、つまり――」

「神功が女帝であり、皇統ではない臣下の武内宿禰との間に生まれた御子が天皇の座に就いたとすれば――」

俊輔は二人を見た。

「その天皇は、女系天皇だ」

コンマ何秒かその意味が分からなかったが――。

「えっ」

橙子は息を呑む。

というより、今回は本当に息が詰まった。

「応神天皇が、女系天皇？」

テーブルに両手をついて詰め寄る橙子に、

「論理的に考えればね」俊輔は静かに言った。「どこか齟齬があるかな」

「い……いえ」誠也が、額の汗を拭いながら橙子に代わって答える。「天皇が女性で、その相手が皇統以外の男性ですから、そこにお生まれになった御子は、確かに『女系男子』ですが……」

「その御子が、天皇になられたら？」

「女系天皇です！」橙子は叫ぶ。「間違いなく」

「ということは」俊輔は言う。「この論理で行けば、日本の皇統は、少なくとも天智天皇の頃までは『女系天皇』を継いでいたことになる。歴史学者の荒木敏夫によると、神武から後村上天皇までの歴史を記した、北畠親房の『神皇正統記』では、天武系の天皇――天武から称徳まで――は、あくまでも傍流とされているという。そうなると、ますます応神から繋がる皇統は『女系』で始まっていることになる。しかも全員が、武内宿禰――猿田彦神の血を引く」

「でも、そんな――」

「『皇統』ということを考えれば、論理的にそういう結論に達する」

俊輔は橙子の言葉を遮って「故に」と続ける。

「おそらく水戸光圀は、どうしてもこの事実を認めたくなかったんだろう。だから『大日本史』では、神功を皇后のままにして誤魔化そうとした。また現代でも、神功皇后自体の存在を架空と主張する人間もいる。これも、同じ理由だね」

「応神が、女系天皇だと認めたくない……」

「そういうことだ。明らかに、応神天皇の代で『王朝交替』が起こっている。しかも、応神は『女系』天皇だ。ということは――」

俊輔はグラスに焼酎を注ぎ足しながら、指を二本立てた。

「一、神武からの『万世一系』を主張するならば、応神からの『女系天皇』を認めざるを得ない。二、応神からの『女系天皇』を認めないのであれば、神武からの『万世一系』を否定しなくてはならない」

俊輔は二人を見た。

「選択肢は、二つに一つだ」

「しかも……」橙子は呟くように言う。「応神天皇は、猿田彦神の血を引いている……」

「そういうことだ」

三人のテーブルを沈黙が支配する。

しかし――。

俊輔の言うように「神」という名を冠した天皇は、新しい王朝を造った人々。ということは、神武や崇神と同様に、神功と応神で日本の王朝が替わったということなのか。

しかも。

神功が女帝となれば、推古天皇ではなく、彼女こそがわが国初の「女性天皇」。だから『日本書紀』も、わざわざ一巻を割いて彼女の功績を記した。

それが、海神を示す「鵜」である卯年卯月卯日に住吉大社を創建した、神功天皇――。


「せ、先生は」

誠也が震える声で尋ねた。

「どちらのお考えなんでしょうか」

ぼくは、と俊輔は笑った。

「前にも言ったように『万世一系』に全くこだわっていないし、女性天皇や女系天皇にもこだわらない。今言ったように、現実的に『女系天皇』が生まれていたんだからね。わが国の天皇家が存続してさえいれば、何の問題もないと思っている。というより、むしろ『男系男子』にこだわる人間の方が、実は天皇家を存続させたくないんじゃないかと思えるね。冷静に、そして論理的に考えれば、そういうことになる。しかも現在は『女性天皇』すら認めたくない人々までいるらしい」

「その通りです……」

「ちなみに、これも荒木敏夫の意見なんだが『女帝は中継ぎだった』という説や『女帝には摂政（天皇に代わって政務を行う役目の人間）が置かれた』という説は、誤りだという。ぼくも、この意見に賛成だね。中継ぎの天皇という言い方をしてしまうと、女性天皇に限らず男性天皇でも何人もいる。ここで詳しくは言及しないが、孝徳天皇の例を挙げるまでもなく、荒木も『具体例は数多くあげることができる』と言っている。また、摂政というとすぐに推古天皇と聖徳太子の例を出す人間が多いが、当時の摂政は全く意味が違っていた。それに、そもそも本当に『聖徳太子』が存在していたのかすらも怪しい話だからね」

俊輔は苦笑する。

「また『女系』ではなく『女性天皇』に限って言えば、この問題は明治時代にある」

「そんなに新しいんですか」

「ああ、そうだ。一部の人々の言うように、皇紀が二千六百年続いているとするならば、わずか百二十年ほど前の話だ。この国の歴史の九十五パーセント以上は、そんなことに拘ることなく皇統を紡いできた。いや……水戸光圀は違ったかも知れないが」

俊輔は笑うと「というのも」と言って続ける。

「そもそも、女性天皇に関しては一八八二年（明治十五）、明治初期の自由民権運動の政治結社の一つだった『嚶鳴社』が『女帝ヲ立ルノ可否』というテーマで、討論会を主催した。その場では、島田三郎・益田克徳・沼間守一の三人は、女帝即位を認めないという論を主張し、肥塚竜・草間時福・丸山名政・青木匡・波多野伝三郎らの五人は、女帝即位を認めるという論を主張したんだ」

「当時は、女性天皇を認めるという論の方が多かった……」

「しかし、島田三郎らの見解が、その後『皇室典範』を作成する上で、井上毅らに大きな影響を与えた」

「第一条――」誠也は言う。「皇位は、皇統に属する男系の男子が、これを継承する――」

そうだ、と俊輔は首肯した。

「というのも井上毅が、

『嘗(かつ)て嚶鳴社と称ふる政党の人々の此(この)事を討議せるの論を得たれば、茲(ここ)に其記録を抄出す』

と述べているからだ。明らかに、島田らの意見を参考にしている。つまり、荒木の言うように、

『今日の女性天皇論議を生み出す直接の淵源(えんげん)は、近代にある』

ということだね」

「……そんな新しい話だったんですね」橙子は嘆息した。「私は、もっと古い話だったのかと思っていました」

「よくある誤解だよ」

俊輔は言って二人を見る。

「ああ、それこそ今の『聖徳太子』で思い出した。武内宿禰の子孫といわれる蘇我(そが)氏の話だ」

「稲目(いなめ)・馬子(うまこ)・蝦夷(えみし)・入鹿(いるか)などの大豪族を生みだした一族ですね。しかし、中大兄(なかのおおえ)皇子――天智天皇に征伐されてしまった」

「そうだ。しかし、その歴史的な話は今は止めておこう、これも長くなるから」俊輔はグラスを傾ける。「道教の風習で、屠蘇(とそ)酒――屠蘇散の話をしただろう」

「はい」誠也は頷く。「河童や、てるてる坊主や、正月の屠蘇酒もそうだと」

「屠蘇酒は、ごく一般的には『邪を屠(ほふ)り、生気を蘇らせる』酒といわれているが、しかしこれもまた、素直に読めば『蘇を屠る』酒という意味になる」

「確かにそうです……また『蘇という名の悪鬼を屠る』という説もあります。でも、まさか、蘇我氏を……」

　誠也は顔をしかめ、

「えっ」橙子は声を上げた。「でも『屠蘇』という名称そのものも道教——中国から来ているのでは？」

「まさに、文化変容だ」俊輔は言った。「昔の日本人は、我々の想像以上に頭が良い」

「『屠蘇』に、蘇我氏を絡めたと……」

「彼らの氏族を『蘇我』と呼んだのは、あくまでも『日本書紀』であり、その他の『日本三代実録』『先代旧事本紀』『上宮聖徳法王帝説』などでは『宗我』と表記されている」

　俊輔はテーブルの上に指で文字を書いた。それを覗き込んで、

「宗我……」

　呟く二人に、俊輔は続ける。

「『蘇』の文字に関しては『よみがえる』という以外の字義が明らかになっていないが、堀越くんの言ったように、悪鬼という意味もあったろうと言われている。しかし一方、この『宗我』の『宗』には、きみたちも知っているように、神を祀るとか、人々の崇敬を受けるとか、祖霊の祭祀を行うという意味がある」

「……神、ですね」

「だからぼくは『蘇我氏』は、本当は『宗我氏』だったのではなかったかと思っている。それを『書紀』などが、中国で悪鬼と呼ばれていた『蘇』に貶めるために『蘇我』と記した」

「ああ……」

「そもそも、稲目はまだしも、馬子・蝦夷・入鹿という名前も、卑弥呼や邪馬台国、そして猿田彦神も、明らかに『卑字』だ」

確かに、と誠也が頷いた。

「特に『蝦夷』は、そのまま蝦夷ですからね。ぼくも昔からそう思っていました」

「蝦夷は」俊輔は言う。「塩竈神社や、塩土老翁――つまり、武内宿禰を容易に連想させるね。その辺りと、深く繋がっていたということだろう」

「ということは」橙子も言う。「『馬子』は、さっき先生のおっしゃった『ウマっ子』ですね。つまり、蹈鞴で鉄」

「そういうことだろう」俊輔は笑う。「また、入鹿の『鹿』に関してはとても長くなるし、知り合いの誰かがどこかで言っているはずだから省略するが、ごく簡単に言えば『鹿』は、茨城県の鹿島神宮や福岡県の志賀島に鎮座している志賀海神社に通じる神で、海神の最たるものだ」

では、と誠也は言った。

「屠蘇というのは、それら――猿田彦神や武内宿禰の血を引く彼らを、一斉に屠るという意味なんですか」

「そして、皆で目出度い正月を迎える」

「そんな……」

「しかし現実問題として、猿田彦神――武内宿禰――蘇我（宗我）氏と、彼らの系列は見事に歴史の闇の中に葬られてしまった。本名すら分からないんだ。それもこれも、朝廷の狙いのままだったというわけだ」

俊輔はグラスを傾けると、

「さて」と言って二人を見た。「おそらくこれが、庚申——猿田彦神、そして女系天皇・応神から繋がる皇位継承問題の真実だろうが、そんなことに触れた文献も世に出ていないようだし、それどころか誰もが途中で投げ出してしまっている。状況証拠と傍証だけ、更に書かれている文献も『偽書』だといわれる始末だ。だからきみたちも、公にするべき問題ではないだろうね。もしもそんなことをすれば」

俊輔は楽しそうに笑った。

「水野先生やぼくみたいな立場に追い込まれる」

「でも！」

声を上げる誠也を遮って言う。

「ニーチェ流に言えば『真実』は誰の力も借りることなく独りで立っているのだから、ぼくらがその『真実』を守るために苦労することはない、というところだよ」

本心なのか？

いつもの俊輔とは違うのでは。

まあ……それだけ、センシティヴな内容ということだろう。

しかもおそらくは「真実」。

「だから」と俊輔はつけ足すように言った。「堀越くんの来週の意見発表も、その辺りのことを熟慮して話した方がいい。ただ、正直に真実を口にすれば良いというものではないからね」

やはり、意見発表会があるということは、俊輔の耳にも届いていたらしい。当たり前と言えば、当たり前だけれど。

そして、と俊輔は二人を見た。

「ぼくがもらった『猿に関して調べるのは止めよ。危険』という忠告は、実に正しかったというわけだ」

「結局それは」誠也が恐る恐る尋ねた。「一体、誰からの——」

「誰からでも構わないよ。きっと、ぼくの身を案じてくれた人からだろう」

さて、と俊輔はテーブルを眺める。

「残っている料理を片づけて、もしも時間があれば場所を移して、もう少し飲み直そうか」

「はい！」

もちろん橙子たちは賛成する。

すると誠也が、

「そういえば今回の学会で、やはり天皇問題を扱っている人がいたんです」と言った。「北朝・南朝問題を取り上げて」

ほう、と俊輔は興味深そうに尋ねる。

「それで？」

「はい……」誠也は俊輔を見る。「その方は、楠木正成（くすのきまさしげ）を、南朝の忠臣として取り上げておられて、そこから天皇問題を話していらっしゃいました」

「楠木正成？」

「ええ。最期まで後醍醐天皇を信奉して——」

「そうとばかりは言い切れないんじゃないかな」

「は？」

「楠木正成が後醍醐天皇を見限って、湊川の戦線を離脱していたという証拠なら、山ほどあるみたいだからね」

「後世、これほどまでに『忠臣』と称えられているにもかかわらずですか」

「後世の評価など、いくらでも捏造できるんだから関係ない。正成は生き残って、伊予国——愛媛県に行っている。その痕跡も、たくさん残っている」

でも、と誠也は叫んだ。

「その後、息子の正行は、四条畷の戦いで命を落として——」

「それも、フェイクだ。彼らは皆、伊予国に移った」

「そんな……」

「しかし正成にしても正行にしても、ただ自分だけが生き残りたかったわけじゃない。あくまでも仲間や部下を、後醍醐天皇や自分勝手な貴族たちのもとで死なせたくなかったからだ。もともと正成には、犠牲を最小限に留めるのが大将だという信念があったようだからね。そこで彼は、仲間を連れて戦線を離脱した」

「本当に、生き残ったんですね……」

そうだ、と俊輔は頷いた。

「だから彼としては、太平洋戦争中に『七生報国』だとか『菊水』などという言葉が彼の本意を曲げられて使われてしまったことは、非常に不本意だったろうね。この話は、ぼく個人の説ではなく知人からの話だが、かなり信憑性があると思うよ」

俊輔は二人を見た。

「じゃあ場所を移して、飲みながらそんな話でもしようか」

「ぜひ！」


店を出ると橙子は、バッグに下げた括り猿のキーホルダーに目をやった。

こんな小さな括り猿――庚申の話から、伊勢の猿田彦神、そして天皇家の皇位継承問題にまで繋がるとは、全く予想もしていなかった。

でもやはり――。

小余綾俊輔に話を持ちかけて正解だった。

夜空に輝く綺麗な北極星を眺めながら、橙子は、ちょっと自分を褒めてみた。

参考文献

『古事記』次田真幸全訳注／講談社
『日本書紀』坂本太郎・家永三郎・井上光貞・大野晋校注／岩波書店
『続日本紀　全現代語訳』宇治谷孟／講談社
『続日本後紀　全現代語訳』森田悌／講談社
『風土記』武田祐吉編／岩波書店
『古事記　祝詞』倉野憲司・武田祐吉校注／岩波書店
『延喜式祝詞（付）中臣寿詞』粕谷興紀注解／和泉書院
『魏志倭人伝・後漢書倭伝・宋書倭国伝・隋書倭国伝』石原道博編訳／岩波書店
『倭訓栞』国立国会図書館デジタルコレクション
『古語拾遺』斎部広成撰／西宮一民校注／岩波書店
『万葉集』中西進校注／講談社
『古今和歌集』小町谷照彦訳注／旺文社
『土佐日記　蜻蛉日記　紫式部日記　更級日記』長谷川政春・今西祐一郎・伊藤博・吉岡曠校注／岩波書店
『神皇正統記　増鏡』岩佐正・時枝誠記・木藤才蔵校注／岩波書店
『全譯　吾妻鏡』永原慶二監修／貴志正造訳注／新人物往来社
『菅家文草　菅家後集』川口久雄校注／岩波書店
『今昔物語集』池上洵一編／岩波書店
『宇治拾遺物語』小林保治・増古和子校注訳／小学館
『誹風柳多留』宮田正信校注／新潮社
『近世風俗志（守貞謾稿）』喜田川守貞／宇佐美英機校訂／岩波書店
『神道辞典』安津素彦・梅田義彦編集兼監修／神社新報社

『神社辞典』白井永二・土岐昌訓編／東京堂出版
『日本史広辞典』日本史広辞典編集委員会編／山川出版社
『日本の神々の事典――神道祭祀と八百万の神々』薗田稔・茂木栄監修／学習研究社
『新訂　字統』白川静／平凡社
『鬼の大事典』沢史生／彩流社
『閨の日本史――河童鎮魂』沢史生／彩流社
『安曇族と住吉の神』龜山勝／龍鳳書房
『日本の女性天皇』荒木敏夫／小学館
『日本伝奇伝説大事典』乾克己・小池正胤・志村有弘・高橋貢・鳥越文蔵編／角川書店
『日本架空伝承人名事典』大隅和雄・西郷信綱・阪下圭八・服部幸雄・廣末保・山本吉左右編／平凡社
『日本民俗大辞典』福田アジオ・新谷尚紀・湯川洋司・神田より子・中込睦子・渡邊欣雄編／吉川弘文館
『日本俗信辞典　動物編』鈴木棠三／ＫＡＤＯＫＡＷＡ
『蛇――日本の蛇信仰』吉野裕子／講談社
『暮らしのことば　語源辞典』山口佳紀編／講談社
『王朝語辞典』秋山虔編／東京大学出版会
『隠語大辞典』木村義之・小出美河子編／皓星社
『十二支考』南方熊楠／岩波書店
『南方熊楠全集第四巻』「シシ虫の迷信幷に庚申の話」澁澤敬三編／乾元社
『庚申信仰』窪徳忠／山川出版社
『庚申信仰』飯田道夫／人文書院
『日本の道教遺跡を歩く』福永光司・千田稔・高橋徹／朝日新聞社
『日本史を彩る道教の謎』高橋徹・千田稔／日本文芸社

『サルタヒコのゆくえ――仮面に隠された古代王朝の秘密』戸矢学／河出書房新社
『謎のサルタヒコ』鎌田東二編著／創元社
『サルタヒコの旅』鎌田東二編著／創元社
『ウズメとサルタヒコの神話学』鎌田東二／大和書房
『サルタヒコの謎を解く』藤井耕一郎／河出書房新社
『サルタヒコ考――猿田彦信仰の展開』飯田道夫／臨川書店
『猿まわしの系図』飯田道夫／人間社
『猿まわし――被差別の民俗学』筒井功／河出書房新社
『伊勢神宮』樋口清之他／旭屋出版
「アマビエ攷―甦る海神（わだつみ）の系譜―」富田弘子
「猿田彦と椿大神―神名にまつわる死穢の烙印―」富田弘子
『シャーロック・ホームズの冒険』他／サー・アーサー・コナン・ドイル／延原謙訳／新潮社

＊作品中に、インターネット等より引用している場面がありますが、それらはあくまでも創作上の都合によるもので、全て右参考文献によるものです。
＊楠木正成に関する説の詳細については、拙著『軍神の血脈――楠木正成秘伝』（講談社）をご参照ください。
＊伊雑宮の御田植祭の模様は、志摩市観光協会公式サイトや「伊勢志摩観光ナビ」でご覧になれます。（二〇二三年十一月現在）
＊各章冒頭の引用文は「シャーロック・ホームズ　シリーズ」（サー・アーサー・コナン・ドイル／延原謙訳／新潮文庫）によりました。

本作は書き下ろしです。

装画　宇野市之丞

この作品は完全なるフィクションであり、
実在する個人名・団体名・地名等が登場することに関し、
それら個人等について論考する意図は全くないことを、
ここにお断り申し上げます。

高田崇史オフィシャルウェブサイト『club TAKATAKAT』
URL：https://takatakat.club/　管理人：魔女の会
X（旧 twitter）：「高田崇史 @club-TAKATAKAT」
facebook：「高田崇史 Club takatakat」　管理人：魔女の会

高田崇史　Takada Takafumi
1958年東京生まれ。明治薬科大卒。1998年『QED 百人一首の呪』でメフィスト賞を受賞し、作家デビュー。QEDシリーズ、毒草師シリーズ、カンナシリーズなど著書多数。古代から近現代まで、該博な知識に裏付けられた歴史ミステリーを得意分野とする。近著に『卑弥呼の葬祭』、『源平の怨霊』、『采女の怨霊』、『QED 神鹿の棺』、『古事記異聞 陽昇る国、伊勢』、『江ノ島奇譚』などがある。

猿田彦（さるたひこ）の怨霊（おんりょう）　――小余綾俊輔（こゆるぎしゅんすけ）の封印講義（ふういんこうぎ）――

著者
高田崇史（たかだたかふみ）

発行
2023年12月20日

発行者　佐藤隆信
発行所　株式会社新潮社
〒162-8711　東京都新宿区矢来町71
電話　編集部 03-3266-5411
　　　読者係 03-3266-5111
https://www.shinchosha.co.jp
装幀　新潮社装幀室
印刷所　株式会社光邦
製本所　加藤製本株式会社

ISBN978-4-10-339335-1　C0093